MAJA oder alle meine Tiere

Kleine Geschichten
mit
Hund Katze Vogel
und
Tochter Michaela

Helga Felsmann

MAJA oder alle meine Tiere

Herstellung und Verlag: Books on Demand GmbH, Norderstedt
ISBN 3-8334-1275-5

In dieser Geschichte möchte ich euch erzählen, was man alles mit Hund und Katz erleben kann.

Seit 1979 schaue ich auf eine lange Zeit, in der diese Tiere mein Begleiter waren und heute noch sind.

Kein Wunder, es gab ja Helga, das bin ich. Alles was auf vier Pfoten lief, schleppte ich mit nach Hause. Mama war oft am Verzweifeln.

Die Zeit damals mit fünf Kindern war auch schwer. Papas Lohn nicht hoch. Kindergeld gab es, so weit ich mich erinnern kann, noch nicht. Ich wurde 1946 nach Kriegsende geboren. Meine Schwester Monika 1944, alle anderen später.

Meine Eltern sind vor dem Mauerbau aus der Ostzone nach Ahlen (Westfalen) in den Westen gezogen. Damals war ich knapp fünf Jahre alt.

Heute, indem ich wieder einmal versuche, meine Geschichte zu Papier zu bringen, bin ich 55. Ich habe noch gute Erinnerungen an den Ort, wo ich geboren wurde. Der Ort heißt Burg. Wir lebten mitten im Wald, ein großes Haus, viel Garten. Für Monika und mich ein Paradies. Meine Eltern und Großeltern mussten es verlassen, sie hatten Flüchtlingsausweise mit dem Buchstaben A. Keiner weiß, was mit dem Haus, Grund und Boden passiert ist.

Die erste Katze, die bei uns am Haus war, hieß Peter. Und aus Erzählungen kenne ich den Hund Waldmann. Der war so groß, dass er einen Bollerwagen ziehen konnte. Er tat das gern, sagte mein Vater. Papa hatte im Krieg (er war Melder zwischen den Fronten) durch Granatsplitter das linke Bein verloren. So war das für ihn leichter, mit Waldmann schwere Dinge zu transportieren. Sie erzählten oft von diesem Hund. Rabenschwarz, sehr wachsam und sehr anhänglich.

Beruflich waren sie im Osten Schausteller. Mit Losbuden, Schiffschaukel, Kinderkarussell, eigentlich von meiner Oma. Opa hatte nach Eheschließung die Geschäfte weitergeführt, die Familie Koch war ein Begriff auf den Kirmesplätzen. Mama führte immer das Kinderkarussell. Mein Leben im Wohnwagen vergesse ich nie. Eine Begebenheit: Liefen Monika und ich zu weit vom Wagen weg, rief Mama. Wie zwei kleine Hunde machte sie uns am Rad vom Wohnwagen mit einer dünnen Kette fest. Ein kleines Vorhängeschloss und schon konnten wir nur so weit laufen, so lang die Kette war. Mama hatte uns im Auge. Wir spielten und buddelten im Sand. Dass meine Mutter so leben konnte? Alles so klein und eng. Später erfuhr ich von Tante Elli, dass sie aus gutem und recht reichen Haus waren. Die Familie Haberland kannte jeder in der Stadt. Das war bestimmt die Liebe zu meinem Vater, hatte ich mir überlegt. Wenn ich fragte, schmunzelte mein Papa. Nun lebten wir alle im Westen. Papa und Opa gingen ihrer Arbeit nach, drei Generationen auf engem Raum, aber es klappte super. Schwester Uschi war da, danach Christa und 1953 noch meine Schwester Roswitha. Nun war die Wohnung voll. Mama überlegte, wieder zu arbeiten. Oma war für uns Kinder da. Das war kein Zuckerlecken, sie führte ein strenges Regiment. Monika besuchte die Schule, zwei Jahre später ich. In der Schulzeit zog meine Familie um. Das Haus war groß, mit, ja womit wohl?, mit großem Garten für Mama. Mit Unkraut zupfen, wir mussten alle ran. Oh, wie ich dieses Unkraut hasste (Heute liebe ich es). Damals war auch die Zeit, wo überall Schutthalden angelegt wurden. Das waren für uns die schönsten Spielplätze. Fünf Kinder, zu viel Arbeit für Oma alleine. Wir waren größer und älter geworden. Mama gab ihre Arbeit auf und versorgte uns mit Oma zusammen. Auch hatte sie ein neues Hobby: Schuttplätze. Wie sie das machte, von einem zum anderen nicht den Überblick verlieren, und wir Kinder sammelten Tonnen an Dosen, Alu, Eisen, Kupfer. Sie zeigte uns alles, was wir sammeln sollten und wo wir es hinlegen müssen. Am Abend kam der Lumpenkerl mit LKW, alles aufladen, dann zum Wiegen. Hatte Mama ihr Geld, ging's ab nach Haus. Aber was glaubt ihr, wie wir aussahen. Jeden Abend in die Zinkwanne, am anderen Morgen Frühstück und wieder zur Schule. Alles geht einmal zu Ende, so auch diese Zeit. Mama suchte die nächste Arbeit. Da sie gut nähen konnte, nähte sie für uns und andere Leute, auch das brachte Geld (und war sauberer). Monika hatte die Schule beendet, stieg ins Berufsleben ein. Das Gleiche tat ich zwei Jahre später, mit 17 lernte ich meinen Mann kennen. Man ist, oder war, zu dieser Zeit vom Kopf her nicht reif genug. Die Zeit war damals ganz anders, oder es kam mir nur so vor, weil man jünger war. So kam es, wie es kommen musste, Heirat, meine Tochter wurde geboren (1964), im Jahre 1969 war alles zu Ende, Scheidung, Trennung, Wohnung, das Leben neu gestalten. Monika war auch Mutter geworden, hatte einen Ehemann, Uschi genau das Gleiche.

Durch mein ständiges Umherziehen (früher war ich ein unruhiger Geist) lernte ich Manfred kennen.

Er zog bei mir ein. Michaela (das ist meine Tochter) mochte ihn, die zwei verstanden sich gut. Damals hatten wir meine Schäferhündin Jenny und bei Mama am Haus noch Harras, meinen Bernadinerhund.

Wegen einer neuen Arbeitsstelle brachen wir unsere Zelte 1979 in Ahlen ab. In Kamen bezogen wir drei eine schöne große Wohnung. Meine Mutter nahm meine Schäferhündin Jenny . Für so einen großen Hund war es besser, einen Garten und Harras zu haben als eine Etagenwohnung. Meine Mutter war natürlich glücklich, dass die zwei bei ihr waren. Wir hatten nun kein Tier mehr. Aber das sollte sich ganz schnell ändern.

Michaela musste zwar wieder eine neue Schule besuchen, aber je öfter sie die Schule gewechselt hatte, um so besser wurde sie, stellte ich fest. Wegen einer Freundin kamen die ersten Katzen zu uns.

Die Ferien standen vor der Tür. Die Schulkollegin hatte eine Katzenmami mit zwei Babys. Aber wohin damit? Also, Mama macht das schon, Michaela hatte mich im Laufe der Jahre, was Tiere betraf, kennen gelernt. So zogen die drei bei uns ein. Nach dem Urlaub kam besagte Freundin mit einem großen Problem zu mir.

Das Problem war aber gar nicht so groß. Wohin mit den Kleinen?, war die Frage. Und ob wir die Kleinen nicht behalten könnten. Mir fiel ein Stein vom Herzen. Natürlich blieben die zwei bei uns, jetzt durften wir sie auch taufen.

Flocke war eine graue Tigerkatze, Perla dagegen rabenschwarz. Unsere ersten eigenen Tiere in Kamen.

So, nun geht's los. Aber ich möchte es so erzählen, wie es sich zugetragen hat. Mit meinen Worten, meinen Tränen, meinem Glücksgefühl, wenn ich einem Tier helfen konnte.

Wir lebten nun schon einige Zeit in Kamen, als ich von einem Windhund hörte, der abzugeben war. Ich rief in Hamm den Tierarzt an, der auch für das Tierheim zuständig war. Er nannte mir die Adresse. Askos Frauchen war froh, dass ich den Hund übernehmen wollte, er wäre sonst im Tierheim gelandet.

Ich bekam ihn geschenkt, mit Papieren und alles, was er sonst noch hatte.

Ein Windhund (auch Rennhund genannt) muss viel laufen. Das ist auch eins meiner Hobbys. Wir zwei passten prima zusammen. Mit Manfred und Michaela hatte er nicht viel im Sinn. Er akzeptierte nur mich.

Das war wiederum nicht so gut, weil er sich auch nicht von den beiden anfassen ließ (oder nur selten). Flocke und Perla ließ er ganz in Ruhe. Die zwei kümmerten sich nicht um ihn. Die zwei waren wie immer faul und träge.

Eines Tages, es war Pfingstmontag, ging Michaela mit Asko Gassi.

(Das ließ er sich von ihr noch gefallen.)

Für so einen Hund ist spazieren gehen die absolute Krönung, da konnte er tobend rumsausen, er hatte seine helle Freude. Nun, zum Pfingstmontag, es war sehr früh am Morgen, und wie immer noch kein Mensch auf der Straße. Michaela wollte mit Asko, nach Toben und Stöckchen-Spiel, wieder nach Hause. Als er wie angeklebt vor einem Tor stehen blieb. Er bewegte sich keinen Zentimeter weiter. Bellte wie ein Wilder, zog an der Leine, dass Michaela ihn kaum halten konnte. „Was ist denn los?", rief sie, „lass mal sehen, was du da hast." Sie versuchte, ihn wegzuziehen, war aber vergebens. Er war viel zu aufgeregt. Sie sprach ruhig auf ihn ein, so dass Asko sich langsam beruhigte. Dann hörte Michaela ein leises Jaulen, aber wirklich leise. Auf der anderen Straßenseite war ein Geländer, dort verknotete sie die Hundeleine, damit Asko nicht abhauen konnte. Michaela ging in Richtung Tor. „Was ist da wohl?", fragte sie sich. Micha zog am Tor, das halb geöffnet war. (In dem Haus war eine Tierarzt-Praxis.) Zwischen Tor und Mauer war noch Platz, unten war es geschlossen, oben offen, mit Gitterstäben gearbeitet. Nun konnte sie sehen, was dahinter los war. Eine dicke hoch tragende Hündin lag da angebunden.

Sie war so dick, dass man sehen konnte, viel Zeit bis zur Geburt war nicht mehr. Michaela knotete die Leine los und zog vorsichtig die zitternde Hündin heraus. Mit Asko im Schlepptau kamen die drei nach Hause. Ich war total erschrocken, als ich die Hündin sah. „Was für ein Schwein hat das Tier da angebunden?", fragte Manfred. Er war zwar kein ganz großer Tierfreund, aber bei so etwas konnte auch er recht wütend werden. Er schrie auch gleich nach Polizei und Anzeige. Ich versuchte ihn erst mal zu beruhigen. „Das machen wir alles", sagte ich, „aber erst mal ist die Kleine dran." Meine Tochter hatte die Hündin in eine Decke gewickelt, sie war ganz kalt. Wer weiß, wie lange die dort angebunden war. „Nun aber erst mal in die warme Stube", sagte ich (Pfingsten ist es noch nicht so warm draußen).

Michaela konnte die Kleine gar nicht mehr loslassen, so niedlich war sie. Ein Dackelverschnitt, viel Weiß und Braun im Fell, aber ganz kurze Beine.

Ich versorgte sie mit Futter und Wasser, was sie auch mit Heißhunger verputzte. „Wir müssen eine Anzeige aufgeben, wer ein Tier aussetzt, muss bestraft werden." Als die Polizei bei uns eintraf, erzählte meine Tochter alles und zeigte die Stelle, wo die Hündin unserer Vermutung nach einen Tag und die Nacht von Pfingstsonntag auf Montag angebunden war.

Perla und Flocke 1979

Im Eifelland wandern: Harras, Mama, Micha, Uschi

Jenny 1979 bei Mama
im Garten

Asko, der Rennhund 1980

Micha durfte im Polizeiauto mit zum Tierheim fahren. Auch ihr fiel der Abschied genauso schwer wie uns.

Noch lange haben wir an diese Mami und ihre Babys gedacht. Im Tierheim uns erkundigt, wie es ihr geht. Konnten die fünf Kleinen nach der Geburt sehen, die Mama streicheln, uns freuen, dass es allen gut ging.

Was aus unserer Anzeige wurde? Ein Täter wurde nicht gefunden, somit wurde die Ermittlung eingestellt.

Was zählt schon ein ausgesetztes Tier …

Eines Tages erzählte Michaela mir, dass Asko sie beißen wollte; ich war total platt.

Mit mir macht er so etwas nicht, bis er auch nach Manfred schnappte. Das war der Zeitpunkt, zu fragen, warum macht er das?

Mein Tierarzt war der Meinung, dass er als Rennhund nicht genügend ausgelastet ist.

Nun ging Manfred arbeiten, ich auch, Michaela zur Schule. Da war er schon einige Zeit alleine, das war klar. Aber was sollten wir machen?

Es war dann so, dass ich viel Zeit mit ihm verbrachte. Laufen, rennen, toben.

Aber bald merkte ich, dem Hund, tat das gut, aber mir? Ich wurde immer dünner. Klar Haushalt, Arbeit, Hund, das macht auf Dauer keiner mit. Nun hatte ich eine Bekannte, Daggi. Sie führte einen Zooladen in Kamen. Mit ihr sprach ich dann über mein Problem.

Daggi war der Meinung, sie würde Asko ein neues Zuhause suchen, wo die Leute mit ihm auf einen Hundeplatz gehen und er ausgelastet wäre.

Wenn man einen Zooladen hat, hört man viel, so auch sie.

Wir einigten uns, dass sie mich anruft, wenn jemand für den Hund Interesse zeigte.

Es war für mich keine leichte Sache. Wenn ich nur daran dachte, mich von Asko zu trennen, hätte ich losheulen können.

Es dauerte auch gar nicht lange, da erhielt ich einen Anruf. Sie sagte, die Leute möchten am Wochenende kommen, ob mir das recht wäre.

Sie nannte mir die Uhrzeit und dass sie die Daumen drückt. Das war aber meine geringste Sorge, wer ihn sah, war hin und weg. Er war bildschön. Langes beigefarbenes Fell, seidig glänzend. Etwas Arbeit musste man für das Kämmen, Bürsten und Baden schon übrig haben. Wenn ich mit ihm draußen war, schauten uns alle Leute hinterher. (Und ihr, schaut euch die Bilder an.)

Am Wochenende waren die Leute auch pünktlich bei uns. Die Frau war hellauf begeistert von Asko (kein Wunder).

Ich erzählte, aus welchen Gründen er ein neues Zuhause braucht. Es stellte aber kein Problem dar, im Gegenteil. Die Frau kannte sich besser mit Rennhunden aus als ich. Mir fiel ein Stein vom Herzen. Damit wurde auch der Abschied von Asko leichter für mich.

Besuch des Hundeplatzes, und über Land auf lange Touren gehen, das machte sie schon immer. (Ich war bis heute auf keinem Hundeplatz.)

Es wurde ein schwerer Abschied, aber ich wusste, er kommt in gute Hände.

Wir lebten wie immer, Arbeit, Schule, über die Tiere reden, was alles in so kurzer Zeit geschehen war.

Flocke und Perla schliefen viel. Sie waren faul wie immer. Fressen, etwas toben und wieder schlafen.

Später besuchte ich Asko. Er sah toll aus. Gepflegt, das Fell genauso glänzend wie bei uns, er hatte sich super gut eingelebt.

Da wusste ich, dass ich die richtige Wahl getroffen hatte.

Einige Wochen später fuhr ich so gegen halb zehn abends nach Hause. Als ich in Hamm-Lerche, kurz vor Kamen, etwas Großes auf der Straße liegen sah. Erst dachte ich, ein Hund, oh Gott. Als ich dann anhielt und nachschaute, war es eine schwarze Katze, sehr groß und schon etwas älter.

Da ich „immer" Tiere von der Straße räume, machte mir das „nichts" aus, nachzusehen, was da los war. Man darf aber nicht den Fehler begehen und die Tiere anfassen. Ich habe noch keinen Autofahrer gesehen, der anhält. Sie fahren drüber, bis die Tiere platt sind.

Wenn die Tiere so liegen, muss man sie erst mit dem Fuß anstoßen, ob sie noch leben, sonst können sie sich festbeißen und „das war's.

Also stieß ich „sehr vorsichtig" die Katze mit dem Fuß an, sie „stöhnte" und drehte sich auf die andere Seite.

Mein Schreck war groß. Ich dachte: Sie lebt. Dann gleich, wohin gehört sie?

Am ersten Haus fragte ich, aber der Mann sagte: „Wir haben keine Katze." Daher versorgte ich das Tier erst einmal. Ich wusste, wo der nächste Tierarzt war. Ich musste wieder zurückfahren, aber das war mir egal.

Da ich im Auto immer alte Tücher und Decken habe, wickelte ich die Katze ein und legte sie in den Kofferraum, bloß nicht auf einen Autositz. Wenn die Tiere wach werden, fegen sie wie ein paar Wilde durch das ganze Auto. Das kann böse Folgen haben.

So fuhr ich mit der bewusstlosen Katze in Richtung Tierarzt, hoffend, dass ich ihn antreffe.

Aber das Glück war mir hold. Wir gingen in den Behandlungsraum, nach kurzer Untersuchung stand fest, ein Bluterguss im Auge. Verursacht durch ein Auto, sonst hatte er keine weiteren Verletzungen. Dagegen bekam er eine Spritze und ich Tabletten.

So ausgerüstet, fuhren wir wieder an der Stelle vorbei, wo ich ihn gefunden hatte. Der Nächste wäre wohl drüber gefahren, überlegte ich.

Etwas wie Freude kam in mir auf. Ich habe einer Kreatur helfen können, die es selbst nicht schaffte. Zu Hause angekommen, schaute Manfred nicht schlecht, als er sah, was ich da mitschleppte. Die Geschichte war schnell erzählt, aber ich habe auch etwas gemogelt. Ich sagte nämlich zu ihm, dass die Katze in unser Auto gelaufen wäre. Und nicht, dass ich sie aufgesammelt habe. Ein Name war mir noch nicht eingefallen, so nannte ich ihn „Katze".

Es war nämlich, ein großer, dicker, alter Kater. Sein Bett machte ich ihm im Arbeitszimmer auf dem Fußboden.

Tiere, die in Koma liegen, müssen immer auf den Boden. Wegen der Gefahr, dass sie runterfallen und sich verletzen, wenn sie aufwachen. Bei „Katze" sollte es aber noch lange dauern, bis er aufwachte.

Sieben Tage vergingen, bis ich merkte, dass er aus dem Koma erwachte. Er konnte aber nicht aufstehen und laufen. Er lag auf der rechten oder linke Seite. Mit den Krallen zog er sich über den Teppichboden, aber immer nur im Kreis. Es schaute zwar lustig aus, meine Tochter meinte, der war bestimmt mal im Zirkus. „So lustig finde ich das aber nicht", war meine Antwort.

Katze war blind. Er folgte meiner Hand nicht mit den Augen.

Ich musste ihn füttern, so legte ich Dosenfutter auf einen Löffel, hielt seinen Kopf fest, den Löffel vor das Maul, dass er seitlich an das Futter konnte.

Es war sehr mühselig, alles fiel herunter, er drehte sich im Kreis. Er konnte das Futter zwar riechen, aber nicht sehen, wo es war. Mit dem Kopf wackelte er hin und her.

Wenn es nicht so traurig wäre, hätte man lachen können. Wie ein alter Tattergreis, so waren die Bewegungen, die Katze machte. Aber wir lernten beide. Er, wie er an den Löffel gelangte. Ich, wie ich ihn festhalten musste.

Dazwischen gingen wir noch zum Tierarzt, zwecks nach Untersuchung.

Die Blutung hatte aufgehört. Das Auge wurde langsam wieder sichtbar und die Schwellung bildete sich zurück. Wir konnten also recht zufrieden sein. Und ich hoffte, dass das Sehvermögen wieder zurückkehrt.

Es sollte noch vierzehn Tage dauern, bis es so weit war. Katze stand auf seinen vier Pfoten. Er schaute uns an, ich merkte, wie er meiner Hand mit den Augen folgte. Ich freute mich riesig. Nun war das Schwerste überstanden.

Die viele Arbeit in diesen Wochen. Ich musste ihn sauber machen.

Er konnte nicht aufs Töpfchen. Gummiunterlage, Papiertücher, mit Wasser musste ich ihn waschen. Tabletten geben, und immer hin und her tragen. Wie einen Säugling nach der Geburt.

Katze wurde richtig anhänglich. Mit Flocke und Perle verstand er sich ganz gut, aber die zwei waren ja faul und träge. Was nicht vor ihrer Nase geschah, da gingen sie auch nicht hin.

Bei uns war wieder alles im Lot. Ruhe war eingezogen, Michaela und ich überlegten, in Hamm einen Einkaufsbummel zu machen.

Nach Arbeit und Schule machten wir uns fertig und fuhren los. Manfred hatte keine Lust, er wollte zu Hause bleiben. (Wann gehen Männer schon gerne bummeln?)

Ich hatte ja schon gesagt, dass Hamm-Lerche nicht weit von Kamen lag. So etwa fünf bis sechs Kilometer (wenn überhaupt). Ich hielt an einem Tante-Emma-Laden. Vielleicht hat ja jemand von seiner verlorenen Katze erzählt.

Als ich den Laden betrat, war eine ältere Frau und ein ca. zwölf Jahre alter Junge im Laden. Ich fragte die Frau, ob sie etwas über eine schwarze Katze gehört hätte. Sie antwortete mit Nein und fragte mich, warum? So erzählte ich ihr die ganze Geschichte von Katze. Sie sagte dann, dass ihr keiner etwas von einem vermissten Tier erzählt hatte. Ich gab ihr meine Telefonnummer. Meine Bitte war, mich anzurufen, wenn sie etwas hörte. Der Junge, der alles mitbekommen hatte, sagte, dass die Katze einer Familie mit Namen „Winkler" gehören könnte. Ich schaute ihn an und fragte, wie er das meinte. Er sagte dann, dass sie eine schwarze und eine graue Katze hätten. Sonst sei ihm keiner mit einer schwarzen Katze bekannt. Andere Katzen ja, aber keine schwarze.

„Na", fragte meine Tochter, als ich wieder ins Auto stieg, „hast du etwas erfahren?" Ich verneinte, erzählte ihr aber von dem Jungen. Micha meinte dann, wenn dem so ist, wird sich bestimmt einer melden.

Wir fuhren weiter, es wurde ziemlich spät, als wir zurückkamen, wartete eine große Überraschung auf uns zwei.

In unserer Abwesenheit hatte sich Folgendes zugetragen:
Der Junge ging, nachdem er Frau Winkler alles erzählte, nach Hause. Frau Winkler setzte sich in ihr Auto, fuhr zum Tante-Emma-Laden, wegen meiner Telefonnummer. Ihre schwarze Katze war weg, der Junge hatte richtig vermutet.
Noch aus dem Laden rief sie bei uns zu Hause an. (Manfred war ja da.) Er war auch überrascht, dass jemand wegen der schwarzen Katze anruft. Frau Winkler erzählte, wie sie an die Telefonnummer gekommen ist. Manfred sollte ihr dann beschreiben, wie das Tier aussieht. Er erklärte ihr nach einigen Missverständen (wie soll man auch eine schwarze Katze beschreiben), sie solle doch einfach vorbeikommen und sich das Tier anschauen, ob es ihre Katze ist. Nun, das tat Frau Winkler. Sie fuhr vom Laden aus gleich zu mir nach Hause. Manfred erzählte mir die Geschichte, wie Frau Winkler hereinkam, ihre Katze wiedersah. Mit Namen Boris ansprach. Sie auf den Arm nahm und weinte. Es war aber auch „zu schön", die ganze Sache. Alles hatte ich erreicht. Katze gesund, Familie wieder vereint. Ich war natürlich sehr traurig. Meine Katze war weg. Frau Winkler nahm ihn gleich mit. Zu Hause angekommen, wartete sie auf ihre Familie. Nacheinander trudelten sie ein, als alle da waren, zeigte sie den alten und neuen Boris. Das Hallo und die Freude war groß. Alle hatten geglaubt, Boris wäre längst nicht mehr am Leben. Das alles erfuhr ich später. Manfred wollte mich trösten. „Hast du gut gemacht", dabei klopfte er mir wie einem lahmen Gaul auf die Schulter. Am anderen Tag stand Frau Winkler vor unserer Tür. Bewaffnet mit einem riesigen Blumenstrauß. Das war ihr Dank an mich, für die Liebe, die ich ihrem Boris gegeben hatte. Das war eine kleine Geschichte, wie schnell man an eine Katze gelangt. Auch hier besuchte ich Boris, es ging ihm prächtig.
Nun war es bei uns wieder ruhiger geworden, die Jahre zogen ins Land. Flocke und Perla waren älter geworden. Nur zum Fressen standen die zwei noch auf, im Zimmer von Michaela war es ja auch so gemütlich.
Nach einiger Zeit fiel mir auf, Manfred und ich lebten uns ausein-

ander. Wir hatten uns nicht mehr viel zu sagen. Wir besprachen die Situation, konnten aber keinen Grund nennen, noch zusammen zu bleiben. Michaela hatte auch gemerkt, dass etwas in der Luft lag.

Von einer Bekannten hörte ich, dass ein kleines Haus zu vermieten war. So machte ich mich auf, das Haus zu mieten. Hatte leider kein Glück. So nahm ich eine Wohnung, die uns angeboten wurde. Der Umzug war schnell getan. Als Tiere hatten wir nur Flocke und Perla, Gott sei Dank.

Nun begann für uns zwei ein neuer Lebensabschnitt.

Michaelas Schulzeit war zu Ende. Sie begann, die italienische Küche zu lernen. Mit ihrer Schulfreundin Ulrike war sie unzertrennlich. Ulrike war mehr bei uns als bei sich zu Hause.

Eines schönen Tages stand Manfred vor meiner Tür. Er hatte wohl gemerkt, dass es doch einsam war, so alleine. Wir wurden gute Freunde, was bis heute geblieben ist.

Unser Leben verlief ganz normal, bis, ja bis ich auf die Idee kam, mir zwei Wellensittiche zu kaufen. An Flocke und Perle dachte ich dabei gar nicht.

Daggi aus dem Zooladen, wo ich Vögel und Käfig kaufte, machte mich erst auf die zwei aufmerksam. Auch gab sie mir einige Tipps, wie und was ich machen sollte.

Als dann die neuen Mitbewohner einzogen, standen Flocke und Perle auch gleich parat, um zu sehen, was es Neues gibt. Sonst träge und faul, jetzt hellwach.

„Wagt es", sagte ich zu den beiden. Die Vögel taufte ich Suse und Hansi. Nun war neben ab und zu einem Miau auch Vogelgezwitscher eingezogen.

Dann kam der Tag, an dem meine Tochter ein kleines dreckiges, dünnes Bündel mitbrachte. Es war ein kleiner Kater, sechs bis sieben Wochen alt. Sie hatte ihn draußen gefunden. Er war voller Flöhe. „So, mach dich ran", sagte ich mir.

Wasser mit Flohpuder vermengen, Katze baden und die Flöhe absuchen. Was bei einer schwarzen Katze nicht so einfach ist (man sieht die Viecher kaum). Aber nach einigen Stunden und viel Geduld war auch das überstanden. „Fritz", so taufte ich den Kleinen, hatte auch die Schnauze voll. Er wollte nicht mehr. Ich gab ihm zu fressen und saufen. Dann stellte ich den Korb etwas an die Heizung, damit er nicht kalt wurde. Flocke schaute kurz mal rein, Perla hatte null Bock.

Eine Tages, ich fuhr immer zu Trödelmärkten, wenn ich Zeit hatte, war bei uns in den Straßen Sperrmüll, so machte ich mich auf die Pirsch. Man konnte sehr viel finden, was sich gut verkaufen ließ. So gegen 22.00 Uhr war ich wieder zu Hause. Fritz lag auf dem Sofa und sah mich ganz traurig an, Ich streichelte seinen Kopf. „Na, was ist los mit dir?", fragte ich, aber er hob noch nicht mal seinen Kopf. In mir zog ein komisches Gefühl auf. Irgendetwas stimmte nicht, dachte ich mir. Nun hatte ich ja noch nicht so viel Erfahrung mit kranken Katzen. Aber ich wusste, wir müssen zum Tierarzt.

Nach der Untersuchung sagte der Tierarzt, dass er so nichts finden kann. Für ihn schien alles in Ordnung zu sein. Eine Blutprobe nahm er nicht ab (heute bin ich schlauer), sonst hätten wir gewusst, dass Fritz krank ist. Nun begann eine Zeit, die ich nie vergessen werde. Jeden Tag Medikamente, dabei wollte Fritz immer nur schlafen. Nach einer Woche traf ich Daggi aus dem Zooladen, als sie alles gehört hatte, meinte sie, fahr mal zu einem Tierarzt nach Hamm. Der müsste es ihrer Meinung nach besser machen. Gesagt, getan. Aber auch dort konnte keiner helfen. Nach einer Blutprobe stand fest, Fritz hat Katzenseuche. Das war das Todesurteil. Darum ist es sehr wichtig, kleine Tiere zum Impfen zu bringen. Nicht sagen, er kommt ja nicht raus, ist immer nur in der Wohnung, auch da können Tiere sich anstecken. Wir schleppen es an den Schuhen ins Haus. Sollte ein Tier Glück haben und die Seuche überstehen, wird sie für andere Tiere aber immer ein Überträger sein. Große Tiere sind doch ein wenig zäher als kleine Katzen. Mein Fritz verlor den Kampf. Nach vier Wochen des Leidens, verbunden mit Herumschleppen, ewig rein und raus aus dem Korb. Wieder eine Spritze, und noch mehr Tabletten. Michaela machte mir große Vorwürfe. Sie bekniete mich, meinen Fritz von seinem Leiden zu erlösen. Aber damit konnte ich mich nicht anfreunden. Mir fiel der Gedanke ganz schwer, dass mein Fritz tot ist. Der liebe Gott im Himmel nahm mir die Entscheidung ab. Fritz schlief in meinem Arm ganz ruhig ein. Am Morgen, als ich aufwachte, lag er ganz friedlich an meiner Seite und hatte ausgelitten. Ich war froh, dass er nicht mehr leiden musste. Auch habe ich mir danach geschworen, nie wieder so lange zu warten, bis ein Tier elendig eingeht. Meinen Fritz habe ich in Ahlen bei meinen Eltern im Garten beerdigt. Auch sie waren traurig, dass der Kleine es nicht geschafft hatte. Dafür konnte ich wieder mal mit meinen zwei großen Hunden herumtoben. Wie schon gesagt, Jenny, eine Schäferhündin, und Harras, ein Bernhardiner. Die zwei konnte ich damals ja nicht mit in die Wohnung nehmen. Bei meinen Eltern war es auch viel schöner, großer Garten viel Auslauf. Mama liebte die zwei abgöttisch. Abends ging meine Mutter immer mit den beiden ums Karree (so sagte sie immer). Da meine Mutter hoch wie eine Parkuhr ist, konnte sie die zwei rechts und links am Halsband fassen. Was aber selten der Fall war. Die zwei hörten aufs Wort. Sie war immer ganz stolz, wenn sie mir das erzählte. Auch knurren die zwei, wenn mir jemand entgegenkommt. Klar war ich etwas eifersüchtig, ich hatte wenig Zeit. Früher war ich auch nur mit den beiden zusammen. Früher, ja das waren noch Zeiten. Einmal fuhren Micha und ich nach Hamm zum Einkaufen, Harras blieb im Auto (VW Käfer), es dauerte nicht lange. Es war weder zu kalt noch zu warm. Als wir zum Wagen zurückgingen, hatte Harras aus lauter Langeweile mein halbes Auto auseinander genommen. Die komplette Rückbank, den ganzen Bezug zerfetzt, die Ablage am Heckfenster zerkaut, es gab keinen roten Stoffbezug mehr. So mit Schlangenmuster, wie es früher modern war. Nein, es waren nur noch Fetzen, Lumpen. Aus meiner Rückbank schauten die Federn heraus. Alle, die das sahen, meinten, der hat aber ganze Arbeit geleistet. Mir war das sehr peinlich. Micha sagte: „Mama, Harras hat alles kaputt gemacht." Auch meine Mutter lachte mich aus. Sie stand am Tor, als die Karawane vor ihrem Haus hielt. Harras musste ja auf seinem Trümmerhaufen sitzen bleiben, auf dem Beifahrersitz saß Michaela, er hätte da keinen Platz gehabt, und Michaela die Federn im Po. Sie sauste auch gleich aus dem Wagen. „Omi, Omi, schau, was Harras gemacht hat!" „Ja", sagte meine Mutter, „da muss die Mama das Auto in eine Werkstatt bringen." Harras war langsam in den Garten getrottet, ihm war das Gespräch wohl zu langweilig.

Außer Harras und Jenny hatten meine Eltern noch einen Mini-Pudel Mohrle, einen fast blinden Spitz Waldi und einen größeren Pudel Namens Pascha. Da wir Mädchen früh aus dem Haus waren, lebten meine Eltern mit ihren Tieren eigentlich recht zufrieden. Bis auf die Tage, wenn die ganze Horde auf einmal da war. Dann war Stimmung angesagt. Es waren vierzehn Enkelkinder, später wurden es Dank meiner einen Schwester noch sechs mehr. Als Einzige war ich sehr viel zu Hause, ich war ja, wie gesagt, früh geschieden, immer wenn ich vom Wegziehen mal wieder keine Wohnung hatte, stand ich mit vollgepacktem Auto vor ihrer Tür. Ohne etwas zu fragen, nahmen sie mich wieder auf. Bis zum nächsten Auszug. Mit meinen Eltern unternahm ich sehr viel. Im Eifelland lebt meine Tante Elly mit Mann, Sohn Ewald, Sohn Peter und Tochter Ursula. Ich schleppte Micha, meine Mutter, den Harras oder Jenny immer mit ins schöne Eifelland. Für beide Hunde zusammen hatte ich keinen Platz. Stellen Sie sich mal meinen VW Käfer vor, wo der Beifahrersitz ausgebaut ist. An diese Stelle eine Decke, Kissen, damit der Hund es auch ganz kuschelig hatte. Auf der Rückbank, wenn wir durch die Eifel donnerten, hatten meine Mutter, Micha, Tante Elly und ihre Tochter Uschi Platz genommen,. Ich saß am Steuer, so sausten wir durchs Land. Bei einem dieser Ausflüge sah ein Bauer meinen Harras, er war Feuer und Flamme für den Hund, Harras war um 70 Pfund schwer, das Fell etwas länger, es lag immer in Locken, die Farben waren beige, schwarz, rotbraun, alle Farben fast nur auf dem Rücken, der Rest war weiß, seine Rute hat er immer eingerollt, wie eine Schnecke, ganz hoch getragen. Er war groß, schwer und einfach nur schön. So, nun bot dieser Bauer mir viel Geld, er wollte ihn unbedingt haben. Aber so viel Geld gab es nicht, dass wir Harras verkauften. Wir liebten den Dicken alle. Zumal auch Tante Elli ein schönes Erlebnis mit ihm hatte. Das klingt so. Tante Elli, die noch kleiner als meine Mutter ist (Parkuhr Höhe), hatte die Idee, mit Harras und Lappes, das war ihr Hund, Dackel-Schaukelpferd-Karpfen-Verschnitt, Höhe ungefähr 25 Zentimeter, lang war dieser Hund, mit Schwanz gemessen, zirka 60 Zentimeter, nun stelle man sich diese zwei Hunde nebeneinander vor. Der eine 70 Pfund, der andere acht Pfund, damit wollte Tante Elli nun spazieren gehen, was sie auch tat. Beide Hunde an die Leine, einen links, einen rechts, ab ging die Post. Nach fünf Schritten, mein Harras muss dann wohl gedacht haben dass keiner die Leine festhält, und gab Gummi, er sauste los. Lappes musste nun auch mit ins Rennen gehen und Tante Elli, wo war sie? Sie war noch am anderen Ende, aber sie lag auf dem Bauch, wurde also über den Asphalt gezogen. Die Hunde hatten sie förmlich aus den Pantoffeln gehauen, die standen noch vor ihrer Haustür, einsam und allein. Nach vier bis fünf Meter merkte mein Harras, dass da hinten etwas nicht stimmte. Ruckartig blieb er stehen, was zur Folge hatte, dass Lappes ihn endlich überholen konnte. Für Tante Elli war das aber nicht so gut, sie lag nun mit ausgestreckten Armen an der einen Leine Lappes, der zog und zog. Er wollte ja weiterrennen, der andere Arm schlaff und ruhig. Sie konnte sehen, dass Harras langsam auf sie zukam, den Kopf ganz dicht am Boden, dann stand er bei ihr und leckte genüsslich über ihre Wange. Tante Elli versuchte, in eine sitzende Stellung zu kommen. Lappes hatte sich, nachdem es für ihn kein Weiterkommen gab, auch in Richtung Frauchen aufgemacht. Endlich stand meine Tante auf ihren Füßen, etwas wackelig, aber es klappte. Nun konnte sie auch sehen, dass an den Armen die Haut weg war, die Strümpfe total kaputt, so auch die Knie, kurz gesagt, lädiert, ein Wrack. Nach diesem Rennen brauchte sie die Hunde nicht mehr an die Leine nehmen. Ein Trauerzug bewegte sich zurück zur Tür, wo die Pantoffeln immer

Abschied tut so weh ...

Tante Elly, Onkel Karl, 1977
Mein VW

Lappes von Tante Elly

Harras 1976

noch standen. Alle waren betrübt, Tante Elli wegen lädierter Haut, die Hunde, weil das Rennen zu Ende war. Als Tante Elli uns diese Geschichte erzählte, haben wir Tränen gelacht, wir waren ja leider nicht mit dabei, als das passiert ist.

 So, der Bauer, bekam unseren Dicken nicht: Und Mama in ihrem Haus, das etwas einsam lag, ohne die Hunde, das konnte sich keiner vorstellen. Aus dem Geschäft wurde nichts, wir haben das auch nie bereut, Harras hat uns in den Jahren, die er noch lebte, viel Liebe geschenkt und Freude bereitet.(siehe Bild) Wir werden in dieser Geschichte von Harras noch öfter hören. Nun aber weiter, es waren einige Wochen ins Land gezogen, seit Fritz tot war. Aber so richtig hatte ich es noch nicht verarbeitet. Micha wollte mich aufmuntern, sie fragte, ob wir mal wieder eine Landparty unternehmen, große Lust hatte ich eigentlich nicht. Aber nach langem Drängen von ihr fuhren wir dann doch los. Das Wetter war auch nicht schlecht, frische Luft ist auch gesund und vertreibt trübe Gedanken. Eine Landparty heißt bei uns in die Natur, laufen, durch den Wald wandern, (wenn vorhanden) später, in aller Ruhe ins Café setzen und Kaffee trinken. Aber an diesem Tag fuhr ich komischerweise in eine ganz andere Richtung. In der Nähe war ein ganz kleines Tierheim. „Was ist los, wo willst du hin?", fragte Micha. „Komm, lass uns da mal reinschauen", sagte ich. Sie schüttelte den Kopf. „Was du für Ideen hast, sagenhaft." Ich grinste sie an. Nach dem Klingeln und etwas Warten wurde aufgemacht. „Sie wünschen?" Die Frau schaute uns an. Ich fragte, ob sie zur Zeit Katzen haben. „Ja, natürlich, da hinten können Sie sich umschauen." Gesagt, getan. Im Gehege waren drei Tiere, zwei Tigergraue und ein Schwarzweißer. Der schmuste mit Michas Hand. „Sollen wir den nehmen?", fragte ich. Micha schaute mich an. „Willst du denn? Niedlich ist er ja." „Ja", sagte ich dann, „den nehmen wir mit." Im Hintergrund bellten die Hunde, die Frau kam zurück. „Na, haben Sie was gefunden?" „Ja", sagte ich, „den da", und zeigte auf den schwarzweißen Kater. Die Frau klärte mich dann über den Abgabevertrag auf, dass ich 70,00 DM zu zahlen hätte und meinen Ausweis vorlegen müsste (wegen Missbrauch der Tiere). Mit allem war ich einverstanden. Micha nahm das Tier auf den Arm und so zogen wir zum Auto. Zu Hause zeigte ich dem Neuen erst mal, wo der Topf fürs Geschäft steht. Das Fressen finden die von alleine, Flocke und Perla wurden neugierig, sie schauten nach, was da los war. Nach hier mal schnüffeln und da mal den Kater beäugen, legten sie sich wieder in ihre Ecke (wie immer). Peter fühlte sich bei uns sehr wohl. Eines Tages stellte ich fest, dass er sich immer kratzte und das Fell ableckte. Da stimmt etwas nicht. Also, auf zum Arzt, zur Untersuchung! Peter hatte einen Hautpilz .Woher und wieso war uns schleierhaft. Aber wir mussten etwas unternehmen. So fuhr ich mit Peter und Puder bewaffnet nach Hause. Das Puder wurde in Wasser aufgelöst, dann konnte ich ihn baden. Was ja alles leichter gesagt als getan ist. Nach zwei misslungenen Versuchen von mir klappte es dann aber ganz gut. Versuchen Sie mal eine Katze festzuhalten, aber gleichzeitig Augen, Ohren und Nase abzudecken? Weil das Tier ganz ins Wasser muss, viel Spaß wünsche ich. Das arme Vieh, es stimmt zwar nicht, dass alle Katzen wasserscheu sind, aber was der wohl gedacht hat bei diesem Manöver! Erst schleppen die mich aus dem Tierheim, dann schleppen sie mich zum bösen Mann, der mir überall reinschaut, mich mit einer Nadel sticht. Und zu guter Letzt werde ich fast ertränkt. Was für ein scheiß Leben. Nachdem ich Peter dreimal gebadet hatte, hoffte ich auf Besserung. Aber er hörte nicht auf zu lecken und zu kratzen. Gegen den Juckreiz hatte er zwar Spritzen bekommen, aber es dauerte, bis das Medikament wirkte. Peter hatte keine Zeit zu warten. Er kratze munter drauflos. Was soll ich tun? Er war schon ganz wund am Körper. Gesund ist das auch nicht, die Krallen können solche Wunden schwer entzünden. Also, was mache ich? Dann kam die Blitzidee, eine Socke muss her. Unten die Spitze abschneiden, vier Löcher rein für die Beine. Dann alles überziehen, wie einen Pullover. Aber wie geht eine Katze in eine Socke? Freiwillig bestimmt nicht. Nachdem ich Peter wieder mal badete, zog ich ihm die Socke über den Kopf. Durch die Löcher die Beine. Hinten war ein Loch für den Schwanz. Das war ein Anblick. So schaute er mich auch an. Ich lachte laut auf, er lief wie eine Fleischwurst auf vier Pfoten. Das passte ihm überhaupt nicht. Aber leider konnte er nichts machen. Keine Möglichkeit, die Socke wieder los zu werden. Von nun an lief die Arbeit so. Socke aus, Peter froh, aber rein ins Wasser, etwas trocken reiben und wieder rein in die Socke. Das machten wir zwei fast vierzehn Tage, er war mitunter stocksauer! An Streicheln war gar nicht zu denken. Nur mit gut zureden und einem Stückchen Fleisch klappte das noch. Nach drei Paar Socken, viel Geduld, noch mehr Liebe hatten wir es überstanden. Die letzte Untersuchung war vorbei, mein Tierarzt sagte, es ist kein Pilz mehr auf der Haut, auch das Fell kam langsam wieder. Aber ich glaube, am meisten war Peter froh. Zwar schaute er mich immer fragend an, kein Baden heute? „Nee", sagte ich. „Die Zeiten sind vorbei." Im Laufe der nächsten Wochen machte er sich sehr gut, und auf den Fotos kann man den kleinen (oder) großen Peter in seiner ganzen Pracht sehen. Bei uns war nach dem Gesundwerden von Peter alles wieder im Lot. Micha war voll im Beruf, bei mir war es auch so. Ich hatte viel zu tun, es

Peter aus dem Tierheim Lünen, 1984

war die Zeit der Partys, Einkaufen, Post erledigen, Vorbereitungen. Bis eines Tages eine Perserkatze im Garten rumlief. Meine Güte, sah das Tier schlimm aus. Es war ein Langhaarperser. Alles was auf dem Boden herumlag, verfing sich in ihrem Fell. Sie war voller Knoten, verfilzt und schmutzig. Als ich meine Chefin auf das Tier aufmerksam machte, meinte sie: „Ach, die Perserkatze, ja die gehört meinem Vermieter." „Oh", sagte ich, „warum läuft die denn da herum, so eine ist nicht für draußen gemacht." Sie erzählte mir, dass der Vermieter eine Sauna aufgemacht hat, und da dürfen keine Tiere herumlaufen. Ich war aber der Meinung, dass man etwas tun müsste, so wie das Tier aussieht. Da meine Chefin nett war, sie auch über meine Tierliebe Bescheid wusste, meinte sie: „Ich frage mal nach." Was sie dann auch umgehend erledigte. Meine Freude war groß, als ich nach der Unterredung die Perser geschenkt bekam. Auch durfte ich an diesem Tag früher Feierabend machen. Nun suchte ich mir einen Pappkarton, um meine Perser zu transportieren. Voll Freude trat ich den Heimweg an. Was das für Arbeit wird, das Tier wieder in eine gute Verfassung zu bringen, merkte ich zu Hause. Da hatte ich Zeit, nach der Fahrt mir die Perser in Ruhe an zu schauen. Oh, oh, ich hatte so was noch nicht gesehen, die Haut war unter den Knoten schon eingerissen. Blätter, Äste, sogar Papierschnipsel steckten im Fell.

Also muss meine Haarmaschine her, Wasser war heiß, nach Kaffeetrinken und etwas essen ging's los.

Natürlich ist das immer leicht und locker erzählt, was aber dahinter steht, kann nur jemand beurteilen, wer's gemacht hat.

Stunden dauerte es mit der Perserkatze, erst das ganze Fell runterschneiden, dann ab ins Wasser, die Wunden untersuchen. Nach Ungeziefer schauen, die Ohren reinigen.

Das alles vielleicht mit einem Tier, was das gar nicht möchte, oder die von Haus aus böse ist. Solche Tiere gibt es ja auch. Meine Perser war aber sehr lieb. Ich war ganz aus der Puste, als ich die erste Pause machte.

Meine Perser lag total erschossen ausgestreckt auf ihrer Decke. Die

Rotlichtlampe spendete ihr Wärme, sonst wäre es zu kalt für die Kleine.

Nach meiner Pause machte ich weiter, nun kam der Feinschnitt. Die Haut brauchte Luft. „So, mein Fräulein", sagte ich, „nun sind wir bis auf den Arztbesuch fertig."

Flocke und Perla, waren ab und zu mal in die Küche gekommen, aber nur um zu sehen, was da so abläuft. Sind dann gleich wieder abgehauen, es könnte sich ja einer auf ihren Platz legen. (Peter) Aber, oh Gott, wie sah die Perser aus!

Ein Schaf nach der Schur war nichts dagegen, der Körper ganz dünn. Der dicke Kopf (haben Perser), dort standen noch lange und kurze Haare, fast nackt war sie.

Die dünnen Beine, zwischen den Kallen schauten noch längere Haare heraus.

Was das Beste aber war, war der dünne Schwanz, am Ende war das Fell noch etwas dichter, es sah aus wie ein dicker Pinsel mit langem Stiel.

Meine Perser schaute mich strafend an, „was hast du mit mir gemacht?", konnte ich aus ihrem Blick lesen.

„Schau nicht so", sagte ich, „mich trifft keine Schuld", dabei drückte ich sie fest an meine Brust, mir fiel ihr fürchterliches Zittern auf.

Der Katzenkorb stand in der Küche, ich legte eine gut gefüllte Wärmflasche rein, ein dickes Tuch darüber, meine Perser oben drauf (oder was von ihr übrig war).

Spät am Abend segelte meine Tochter ein. Wir setzten uns gemütlich zum Kaffeetrinken. Ich erzählte ihr die Sache mit meiner Perser. „Ach, deswegen liegt so viel Wäsche im Baderzimmer." „Na klar", sagte ich, „oder glaubst du, hier war ein Bus voller Leute, die alle duschen waren?" „Wer weiß, wer weiß", sagte sie lachend. Aber dann lachte sie nicht mehr, (warum?) sie hatte meine Perser entdeckt. Noch heute habe ich ihren Satz im Ohr: „Komm mal her, du armes Tier, was hat meine Mutter mit dir gemacht? Du siehst ja schlimm aus, nicht Katze und nicht Schaf." Nun musste ich mich verteidigen, aber Micha winkte ab. „Komm, hör auf, das hast du extra gemacht", sagte sie im Spaß. „Ja, ja, deswegen habe ich auch Rückenschmerzen. Aber alles nur aus Spaß", war meine Antwort.

Unsere Perser wurde im Laufe der Zeit immer schöner, an Gewicht hatte sie auch zugenommen, einen Namen hatte sie noch nicht.

Meine Tochter gab mir dann den Hinweis, sie stand in der Küche und machte uns etwas zu essen. Dabei summte sie das Lied vom Smørre Brot, das ist es, dachte ich mir. Schmörky, so taufte ich unsere Perser. Schaut euch die Bilder an. Da könnt ihr sehen, wie schön ihr Fell ist. So verschwommene Farben, nur an der Brust hatte sie viel Weiß. Bei mir wohnten nun Flocke, Perla, Peter und Schmörky, eine tolle Gemeinschaft.

Meine Perser musste noch zum Tierarzt, aber da hatte ich keine großen Sorgen, für mich sah sie gesund aus.

War dann auch so, nur der Zahnstein musste gemacht werden, riecht eine Katze nach Fisch aus dem Maul, dann sind es entweder die „Zähne" oder eine Erkältung.

Schmörki aus Witten, 1983

Ich habe in dieser langen Zeit, in der ich mich um die Tiere kümmerte, sehr viele Krankheiten, Symptome und die ersten Anzeichen kennen gelernt. Kleine operative Eingriffe, wenn Not am Mann war, gleich erledigt. Heute möchte ich, dass einer meiner Enkelsöhne in meine Fußstapfen tritt. Ein guter Tierarzt wird die Kreatur achten und hilft, wo es nötig ist.
Es gibt nichts Schöneres, als Natur bewusst zu erleben. Aber wer tut das heute noch? Ohne Tiere würde es keine intakte Natur geben.
 Es gibt keinen Landstrich auf dieser Welt, wo keine Tiere leben. Egal, ob heiß oder kalt, überall sind Tiere. Aber es gibt Landstriche, wo keine Menschen leben. Obwohl der Mensch sich der Flora und Fauna gegenüber als Maß aller Dinge hält. Was für ein Irrtum.

Nun aber zurück zu meinen Tieren. Meine Perser entwickelte sich prächtig. Mit den anderen hatte sie sich auch angefreundet. Das Kämmen, Bürsten jeden Tag war zwar Arbeit. Wenn kein Knoten im Fell, ist das aber sehr schnell erledigt. Ihr machte das nichts aus, im Gegenteil. Sie lag auf dem Rücken, rollte sich auf die Seite und versuchte, mir die Bürste weg zu nehmen.
Wir schrieben das Jahr 84. Außer Schmörky, war in den nächsten Wochen nichts Großes passiert. Weihnachten war wie immer, ich hatte noch nie einen großen Hang zu Feiertagen. Silvester verschlafe ich meistens oder passe auf meine Tiere auf, wegen der Knallerei.
Dann lernte ich Otto kennen. Was mich dabei sehr überraschte, dass Otto der Besitzer von dem kleinen Fachwerkhaus war. Was ich nach der Trennung von Manfred mieten wollte.
Das lag auch schon lange zurück. Wir staunten nicht schlecht, als wir das feststellten. Nach einiger Zeit, in der wir uns kennen lernten, zog Otto bei uns ein. Sein Haus war ja vermietet.
Micha hatte keine Einwände, sie meinte nur: „Du musst das wissen." Otto erzählte mir so einige Sachen. Er war Witwer. Er wohnte bei Verwandten, die auch sein Haus vermietet hatten. Er wollte aber

wieder in sein Haus zurück. Ob ich ihm dabei helfen könnte, fragte er mich. Nun überlegte ich, dann ein Anruf und die Lösung war da. Dem Mieter auf Eigenbedarf kündigen, also auf zum Anwalt.

Nun lief es so, Termine, Anwalt, Kündigungszeit. Am 15. Januar 85 war es so weit, das Haus war leer. Sechs Monate lebten wir mit Otto in unserer Wohnung zusammen. Hatten Geburtstage und Weihnachten gefeiert. Nun wollte Otto nicht mehr alleine in sein Haus ziehen. Am Abend setzten wir drei uns zusammen, überlegten, was und wie wir es machen können.

Das Haus hatte ich nur einmal von außen gesehen. Es war nicht groß, wer weiß, wie es von innen aussah! „Na, warten wir ab", sagte Micha. Otto meinte, morgen sind wir schlauer. Der nächste Morgen kam und auch der Schock, als wir das Haus „voller Freude" betraten. Der Keller stand unter Wasser, im Bad gab es durch Frost Wasserrohrbruch. Die Räume total vergammelt, hier wurde nie neue Tapete geklebt. Otto tat mir Leid, er war perplex. „Das mache ich schon", und nahm ihn in den Arm. Gut, dass wir noch meine Wohnung haben, dachte ich. Sauber, und im Januar mollig warm. Von nun an kam viel Arbeit auf uns zu. Erst mal Handwerker ordern.

Es musste die Badewanne ausgebaut werden, genau dahinter war das Rohr kaputt. Eine neue musste rein. Von nun an rollte es so ab. Früh am Morgen rein ins Auto, zur Arbeit. Dann nach Hause, Otto, die Tiere versorgen. Selbst etwas essen, rein ins Auto, zum Baumarkt, einkaufen. Alles im Auto verstauen, zum Haus düsen, ausladen, reinbringen, ins Auto, und ab nach Hause. „Feierabend". Otto hatte keinen Führerschein, zwei linke Hände zum Renovieren. Er kümmerte sich ganz lieb um unsere Tiere. Am Freitag ging's los; nach drei bis vier Wochen hatte ich die Nase voll. Mein Gefühl sagte mir, du wirst nie fertig, ich bin der beste Handwerker, alles mache ich selbst, auch heute noch, aber hier? Über neues Bad, Fenster streichen, tapezieren, den Hof von Bauschutt befreien, Keller leer räumen. Das Haus hatte noch einen Kohleofen, im Keller lagen bestimmt noch zwei Tonnen nasser Kohle.

Gerümpel, Pappkartons, und der Keller war so niedrig, dass ich nur in gebückter Haltung meine Arbeit machen konnte.

Manchmal fragte ich mich, warum machst du das alles? Ich sah aus, als hätte ich fünf Jahre Diät gemacht, so dünn und mager war ich. Meine Hände kaputt, und wofür das Ganze? Otto und ich waren nicht verheiratet. Mir gehörte hier nichts. Wenn er mal sagte, raus hier, dann kann ich wieder Klamotten packen und ziehen.

Jede Arbeit geht einmal zu Ende, so auch hier, das Haus wurde immer schöner.

Alle waren begeistert, diesmal nahm ich mir eine Spedition. Katzen, Vögel und Blumen fuhr ich selbst rüber. Micha, Ulrike, Schwester Uschi, Otto und ich fassten gut mit an. Es ging nur ein Vormittag drauf, bis wir alles im Haus hatten.

Nach Einräumen, Aufbauen, Tiere versorgen, die aufgeregt hin und her liefen, wo sind wir, wo ist unsere Schlafecke!

Zuerst zeigte ich den vieren, wo das Katzenklo steht, oben eins, unten eins, wir hatten ja nun zwei Etagen.

Unten war Küche, Bad, Flur und Wohnzimmer. Einen großen Hof mit einer „dicken" Mauer. Um rüberzuschauen, musste ich einen Stuhl nehmen. Otto passte auf, das keine Katze rauslief. So hatte jeder seine Aufgabe.

Spät am Abend waren wir fast fertig. Uschi hatte den Küchentisch gedeckt, mit reden, erzählen über dieses und jenes war der Tag gut abgelaufen.

Alle merkten dabei, wie kaputt wir waren. Uschi spielte mit meiner feschen Perser. Dabei stellte sie fest, dass es doch schön war, ein Tier zu haben. (sie hatte keine). Uschi sagte dann, wenn Gaby die sehen würde. Ich fragte, wie sie das meinte! „Gaby liebt Perser", war ihre Antwort. „Ich liebe alle Tiere", sagte ich zu ihr, „egal wie sie aussehen. Vielleicht finde ich mal wieder eine", meinte ich im Spaß. „Ja", sagte Uschi, „und die bekomme ich dann für Gaby."

Langsam wurde es dunkel. Uschi machte sich auf den Heimweg. Bis Ahlen, waren noch einige Kilometer zu fahren.

Meine zwei Mädchen gingen nach oben, Otto und ich blieben unten, wir schauten noch etwas Fernsehen, um abzuschalten.

Der Alltag war wieder da, alles war geregelt. Wir hatten uns gut eingelebt.

Meine Arbeit war mehr geworden, Micha half kräftig mit. Otto ging jeden Tag nach dem Frühstück spazieren. Ich freute mich auf den Frühling, der vor der Tür stand. Dann erst wollte ich mir auch Gedanken über eine neue Heizungsart im Haus machen. Immer diesen Dreck mit der Kohle wollte ich nicht. Es würden auch nur Nachtspeicher ins Haus passen. Meine Katzen könnten dann oben drauf liegen, und es wäre schön warm für alle.

Eines Morgens las ich in der Zeitung von einem Tierschutz-Verein, die eine Perserkatze abzugeben haben. Oh, dachte ich, das wäre etwas für meine Schwester Uschi. Ich rief sie gleich an, ob noch Interesse da war. Nach ihrem o.k. sprach ich gleich mit besagtem Verein.

Die Frau am Telefon gab mir Auskunft über die Tiere, aber eine Perser war nicht dabei. Wir sprachen noch einige Zeit, sie erzählte mir, was und wie sich das Leben der Tiere in ihrem Haus abspielt. Der Verein suchte auch Leute, die Tiere nur in Pflege nehmen, bis sie für immer ein neues Zuhause haben.

Dann war mein Mundwerk wieder schneller als mein Kopf. „Ich habe auch viel Platz", hörte ich mich sagen. „Oh", meinte sie, „dann können wir uns ja mal unterhalten."

Wir machten einen Termin aus, sie wolle Unterlagen mitbringen, um mir alles zu zeigen. (wenn ich da gewusst hätte, auf was ich mich da einlasse.)

In der Zwischenzeit machte meine Flocke eine Entdeckung. Oh, hier kann ich ja raus, hier kann ich auf Düse gehen. Das erste Mal, als sie raus war, brachte unser Nachbar sie zurück. Ich war ganz platt! Mein Nachbar auch, denn Flocke hatte mit seinen Goldfischen gespielt, und das mochte er wohl nicht so gerne. Dann war sie wieder weg, ich suchte stundenlang, heulte mir die Augen aus. Micha sagte mir am Abend: „Komm rein, Flocke ist an Braten gewöhnt, die kommt schon wieder, und vorsichtig ist sie auch."

Sie sollte Recht behalten. Nachts um halb eins miaute meine Flocke vor unserer Tür. Ich sauste so schnell ich konnte die Treppe runter. Da stand sie. Miaute mich fröhlich an. Und war sich keiner Schuld bewusst. Oh, was war ich froh. Von nun an gehörte das Spazierengehen zu Flocke, wie sie zu uns gehörte. Ottos Haus lag in der dreißiger Zone, und über Nachwuchs brauchte ich mir auch keine Sorgen machen, meine Tiere waren alle kastriert. Die anderen hatten null Bock, raus zu gehen. Peter hatte seinen Lieblingsplatz auf der Fensterbank. Nur hier lag er herum.

Am anderen Morgen bekam ich einen sehr merkwürdigen Anruf. Eine Frau aus Oberaden sagte, dass zwei kleine Katzen in ihrer Badewanne sitzen. „Ja und", fragte ich perplex. „Ja, Sie würden die zwei bei mir hier abholen." „Oh, davon weiß ich nichts. Und woher haben Sie meine Telefonnummer? „Ja, von diesem Tierschutz-Verein. Die Frau sagte, dass es o.k. wäre, wenn ich Sie anrufe. Ich kann die Tiere auch vorbeibringen, das mache ich gern. Nur behalten kann ich sie nicht, wir haben einen Hund, drei Kinder, das jüngste ist fünf Monate alt."

Es kam, wie es kommen musste, zwei vier Wochen alte Katzen zogen bei mir ein. Als ich dann sah, was da anrauschte, machte ich erst einmal Kaffee und Kakao. Aus einer Ente (Auto) stieg mit etwas Mühe eine Frau. Dann die drei Kinder, das Baby lag in einer Tragetasche. In der anderen Hand den Katzenkorb. Eine richtige, kleine Karawane kam auf mich zu.

Bei Kaffee und Plätzchen hörte ich dann die ganze Geschichte.

Was mich ganz extrem dabei störte, dass diese Frau vom Tierschutz (ihr Name war Karin) einfach über meinen Kopf hinweg bestimmte. „Das lasse ich mir nicht gefallen", klärte ich Conny auf. So hieß die Frau, die mir die Katzen brachte. Auch sie war sprachlos.

Nach zwei netten Stunden und noch mehr Kakao machte Conny sich auf den Heimweg. Aber sie wollte wiederkommen, wenn es mir recht wäre. „Ja“, sagte ich, „gerne.“ Mein erster Weg war dann zum Telefon. Als sich Karin meldete, war sie überrascht, dass die Tiere schon bei mir sind. Ja, und dass sie mich noch angerufen hätte, Conny aber schneller war. Ich klärte sie auf, dass die Katzen in einer Badewanne saßen. Und da ja wohl so schnell wie möglich heraus mussten.

Dann fragte sie mich, ob ich noch ein kleines Tier übernehmen könne. Kitty war fünf Wochen alt, meine Antwort, wenn man mich vorher fragt, habe ich auch nichts dagegen. Aber nicht einfach bestimmen, und fertig.

Am gleichen Tag zog Kitty bei uns ein, am Abend staunte meine Tochter nicht schlecht, als sie die Bande sah. Ab der Sekunde wurde nur noch mit kleinen Katzen geschmust.

So, da saß ich nun, mit drei sehr kleinen Katzen. Zwei Mädchen, ein Junge. Alle waren tigergrau, nur die kleinste hatte die Pfötchen und den Bauch bis zum Hals weiß. Platz hatte sie auf meiner Hand. Ich blickte ihr in die kleinen Augen, sie waren so blau, dass man vom Gefühl her annahm, über das Meer zu schauen. Dann sagte ich zu ihr: „Schade, dass du keine Mama mehr hast, ab heute will ich deine Mama sein.“

Das war der Einzug von meiner Lady, ihrem Bruder Teddy und Kitty.

Lady, 1984

Kitty, 1984

Kitty hatte sich gut eingelebt, zwei Wochen war sie bei uns. Bis ich auf etwas aufmerksam wurde. Das lange Sitzen vor dem Wassernapf. Erst dachte ich mir nichts. Als es aber immer öfter vorkam, machte ich mir Gedanken. Ich hob Kitty hoch, setzte sie auf meinen Schoß. „Na, was machst du?" Dabei schaute ich sie mir näher an. Das Fell matt, glanzlos. Es stand weit vom Körper ab. Kein Haar lag mehr seidig nebeneinander. (heute weiß ich, dass es akuter Wassermangel ist.) Kitty wollte saufen, klappte aber nicht. „So, mein Mädel, auf zum Tierarzt." Nachdem Kitty im Korb gut verstaut war, machte ich mich fertig. Meine Gedanken waren schon in der Tierklinik. Ich schreckte auf, als unsere Haustür zugemacht wurde. Im rechten Moment war Ulrike reingeschneit. „Was ist los?", fragte sie. Ich erzählte ihr von meiner Vermutung. Ulrike merkte, dass es mir schlecht ging. „So, nun mach dir mal keinen Kopf, erst müssen wir zur Klinik, und dann sehen wir weiter." Gesagt, getan. Der Weg zog sich endlos hin, endlich waren wir am Ziel in Dortmund. Nach anmelden, etwas warten, dann die Untersuchung. Doktor Winter erklärte mir, dass ich richtig vermutet hatte. Es waren die Nieren, und man kann es an diesem Zwang zu saufen, erkennen. Bei Kitty mussten Urin, die Nieren und Blut untersucht werden. Das braucht seine Zeit, deswegen blieb Kitty in der Tierklinik. Wir machten uns auf den Heimweg. Ulrike versuchte mich aufzumuntern. Aber in Gedanken war ich bei Kitty. Es war gut, dass zu Hause noch Tiere sind, das lenkt ab. Ich nahm eine Katze auf den Arm. So blöd, wie man bei Kummer ist, erzählte ich ihr alles. Das tat mir gut, aber sie hatte null Bock. Sie fauchte mich an und wollte nur runter vom Arm. Ich setzte sie auf den Boden, sie wackelte ab. Ulrike hatte Kaffee gemacht, sie meinte dann, nimm es nicht so schwer, wenn der Tierarzt helfen kann, geht das bestimmt gut aus. Auch Micha schloss sich dieser Meinung an. Aber ich war nun mal mehr negativ als positiv eingestellt. Am nächsten Tag, Klinik anrufen, wie schaut's aus, was macht Kitty? Wie geht es ihr? Aber, kein Ergebnis. Wieder einen Tag warten. Dann endlich eine Auskunft. Das war keine gute Botschaft, bei Kitty waren es die Nieren, Blut im Urin, zu hoher Eiweißgehalt im Körper. Es sah sehr schlecht aus für die Kleine. Auch machte mir der Arzt keine große Hoffnung. Er wolle zwar alles versuchen, ob Kitty so stark war, um das zu schaffen, war eine andere Frage. Die nächsten Tage hing ich zwischen Hoffen und Bangen. Mal war es besser, mal wieder ganz unten. Nun ist Winter kein Tierarzt, der lustig drauflos arbeitet. Oder die Tiere vollstopft mit Pillen. Nein, im Gegenteil. Heute noch fahren wir zum Winter. Wir schreiben das Jahr 2002 im März. Wir haben noch zwanzig Katzen, zwei Hunde, zwei Häschen und Micha ein Fischaquarium, zwar schwimmt da heute nur noch ein einziger Fisch, aber auch der will versorgt werden. Leichte Sachen, wie das Kastrieren, lasse ich hier am Ort vornehmen. Aber alles, was innerlich ist, geht heute noch nach Dortmund. So traurig es auch im ersten Moment ist, aber durch Fritz hatte ich ja gelernt. Im Laufe dieser Geschichte werden Sie noch mehr von Dr. Winter hören. Zu der Zeit, als Kitty in der Klinik lag, besuchte ich das erste Mal einen Abend vom Tierschutz-Verein. Dort erzählte ich auch, was mit Kitty los ist. Ich lernte einige Damen kennen und Dirk. Er hatte den Vorsitz im Verein. Seine Frau war auch Mitglied. Als ich nach vielem Erzählen und vielen Fragen beantworten drei Stunden später in Richtung Heimat fuhr, war ich genauso schlau wie vorher. Zu Hause fragte meine Tochter: „Na, wie war's?" Das ist nichts für mich, dachte ich mir, dafür bist du kein Typ. Ich zeigte ihr die Tierabgabe-Verträge. „Wenn ich ein Tier vermitteln kann, und es gibt eine Spende, dann bekommt der Verein die Hälfte und ich die andere." „Und wenn kein Tier hier rausgeht?" „Ja", sagte ich, „dann bezahlen wir alles von unserem Geld." „Oh, wie toll", war ihr letzter Kommentar und verschwand im Badezimmer. Ich ließ mir beim Kaffee alles noch mal durch den Kopf gehen. Ich muss ja nicht in diesen Verein eintreten. Auch die Sorge mit Kitty, das Hin- und Herfahren. Die ganze Arbeit, wo bleibt da das eigene Leben? Mal ausgehen, essen, tanzen oder ins Kino. Mir brummte der Kopf. Sollte ich das überhaupt weitermachen? Und genau in diesem Augenblick wollte das kleinste Tier auf meinen Schoß klettern. Lady. Ich schaute ihr in die Augen, was wäre aus dir geworden, wenn Conny dich nicht zu mir gebracht hätte? In diesem Moment stand für mich fest, ich mache weiter, egal, wie schwer und traurig es noch wird. Meine Überlegung, kleine Katzen sind schneller vermittelt. Große dauern länger. Aber alle wollen fressen: Was sind da schon zehn Mark (heute Euro). Fünf Dosen Futter, eine Tüte Sand, ein Paket Trockenfutter, das wars. Keine Katzenmilch, aber das war ja noch nicht alles. Wo war das Geld für den Tierarzt? Da hast du dir was aufgeladen, Helga.

Am anderen Morgen rief ich wieder in der Klinik an. Aber auch heute noch keine gute Nachricht. Ich bekam die Information, dass wir eine ganze Woche warten müssen, bis ein Ergebnis vor liegt. Ob gut oder schlecht, das würde man sehen. Sollte es sich aber stark verschlechtern, müsste er Kitty einschläfern. „Aber nur, wenn es nicht mehr geht", sagte ich. Mir fiel auf, wie froh Dr. Winter über meine Antwort war. (aber wir wissen ja noch die Sache mit Fritz). Es sollten aber noch viele Tiere meinen Weg kreuzen und sehr viele bei mir sterben. Nur bis heute konnte ich mich nicht an den Tod der Tiere gewöhnen. Aber alle sind nicht vergessen. Bei uns war nach diesem Anruf Ruhe eingezogen. Ich musste lernen, damit umzugehen. Wir lebten alle wie vorher, Arbeit hatte ich ja genug. Conny und Karin riefen oft an, um etwas zu erzählen. Einige Tage später wurden mir von Karin vier kleine Tigerkatzen gebracht. Um die sechs Wochen alt, die vier waren silbergrau mit schwarzem Muster, was sich durch das ganze Fell zog. Es waren richtig kleine Teddys.

Meine Bande war gleich zur Stelle, alles wurde bei den Teddys untersucht, überall schnüffelten sie rum, was ist da wohl gekommen. Lange dauerte so ein Treffen aber nie, einer nahm noch ein Stück Trockenfutter, dann zogen sie, im Schlepptau die Teddys, ab nach oben. Unten konnte ich dann das Düsen und Herumtoben hören. Am Wochenende ging es für zwei der Teddys in eine neue Heimat. Karin hatte mich mit Adresse und allem versorgt, was ich brauchte. Na, hier brauchen die Tiere wenigstens nicht raus, ging mir durch den Kopf, als ich das Umfeld sah. Bald hatte ich auch die Klingel zur passenden Wohnung gefunden. Es machte immer wieder Spaß zu sehen, wie die Menschen die tierlieb sind, mit „ah" und „oh" die Tiere bestaunten.

Erst wollte die Frau nur eine haben (wegen Wohnung und Platzangebot).

Hier war dem aber nicht so, die Teddys tobten durch die Bude, dass es nur so krachte. Die Frau konnte sich nicht satt sehen an den Kleinen. Ich sagte, dass das nicht immer so ist. Das sind kleine Kinder, meinte sie, wenn die größer sind, werden sie auch ruhiger. Ich war froh, dass es so von ihr gesehen wurde. Mein größter Sieg war dann, dass sie alle beide nahm. Als alle Formalitäten erledigt waren, sagte ich ihr, sollte etwas sein, könne sie mich jederzeit anrufen. Wenn ich helfen kann, helfe ich. Auch müssen die Tiere an uns zurückgegeben werden, falls sich durch Krankheit oder Familie etwas ändert. „Ja", meinte sie, „das steht auch so im Vertrag." Mit gutem Gefühl im Bauch machte ich mich auf den Heimweg. Micha war arbeiten, Otto werkelte im Hof. Ich deckte den Tisch draußen. Das Wetter war schön, Otto hatte großen Hunger, als er von meinem Erfolg hörte, meinte er trocken: „Dann ist ja wieder Platz für zwei Neue." Als hätte er's geahnt, zogen zwei Tage später Max und Moritz ein. Micha hatte die zwei so getauft. Max war tigergrau, vier weiße Pfoten. Moritz war weiß, braun. Max schloss sich ganz Micha an, er war da, wo sie war. Auf Schritt und Tritt lief er mit. Er war aber auch zu anhänglich. Unsere Schar wurde immer größer. Eines Abends, wir tranken zusammen Kaffee, als (wie immer) ein Anruf unsere Runde unterbrach. Ich mich meldete, da erzählte mir die Frau, dass in der Nähe der Post seit einigen Tagen eine große weiße Katze sitzt .Von uns hatte sie über eine Bekannte gehört. Da hörte ich auch, wie man uns nennt: das kleine Katzenhaus. „Wo genau ist die Stelle?", fragte ich. Nachdem ich es notiert hatte, legte ich auf. Meine beiden Mädels hatten mitgehört und wollten zu besagter Stelle fahren. Katzenkorb, Handschuhe, Tücher einpacken, dann ging es los. Micha erzählte mir später, dass sie froh war, eine

Taschenlampe zu haben (lag im Auto), sonst hätten sie nichts sehen können, so dunkel war die Ecke. Nach etwas Herumschauen fand Ulrike das Tier. Er war wirklich alt und sehr groß. Micha hatte Mühe, ihn in den Korb zu legen. Zu Hause, als die zwei zurück waren, machte ich den Korb auf und nahm eine ehemals weiße Katze heraus. Er war riesig, so ein großes Tier hatte ich noch nicht gesehen. Vom Gewicht her schätzte ich ihn so zwischen 25–30 Pfund. Oh Gott, was macht der wohl mit meinen Katzen, fragte ich mich. Er war eine tolle Erscheinung, ein Bomber auf vier Pfoten. Seinen Namen bekam er diesmal von Micha, Cimba, so taufte sie ihn. Als ich sie fragte, warum so ein Name, meinte sie: „Na, nach dem Zeichentrickfilm, Cimba, der weiße Löwe." „Alles klar", sagte ich. Meine Überlegung war eine ganz andere, wie bade ich ihn? Von dem möchte ich keine gefegt bekommen. Der hat ja eine Pfote, kein Wunder bei diesem Gewicht. Aber nun musste ich anfangen, ich stellte fest, außer Regenwasser hatte dieses Fell nichts bekommen. Ich untersuchte ihn, die Ohren waren zwar schmutzig, aber ohne Milben. Flöhe hatte er auch keine, das war sehr gut. Sonst aber war das Fell gelblich dunkel, nun Helga, los geht's. In der Zeit, in der ich mir Cimba anschaute, waren auch meine Katzen erwacht, es wurde geschnüffelt, der Korb von allen Seiten untersucht. Und dann geschaut, wo ist das neue Tier? Als Cimba und ich im Bad verschwanden, gaben sie Ruhe. Wenn man Tiere hat, hat man auch alles, was man zum Säubern der Tiere braucht. So war das auch bei mir, meins war in einem Plastikkorb verstaut. Dann ging's los, erst mal den Kater einweichen. Ja, es war ein kastrierter Kater, dass ich froh war, könnt ihr euch ja denken. Wer noch nie mit einem nicht kastrierten Tier zu tun hatte, kann sich freuen. Den Geruch hält keiner aus, die ganze Bude stinkt, sogar die Klamotten im Kleiderschrank. Ich habe immer ganz schnell gehandelt. Wenn ein Tier einen leichten Geruch hatte (und das passende Alter), kam er ruck, zuck! zum Tierarzt. Bei den Mädels ist das nicht so, die machen ein irre, wenn sie rollig sind, mit ihrem Herumjaulen. Auch hier sollte man, wenn die erste Hitze vorbei ist, die Tiere kastrieren lassen.

Nun zurück zu Katerchen, er hockte gemütlich in der Wanne, es machte ihm Spaß zu baden. Da ich einigermaßen ruhig war, war er die Ruhe selbst (der dicke Sack).

Sein Fell war zwar nicht strahlend weiß geworden, er sah aber schon toll aus, fand ich.

Schauen wir doch mal, wer alles schon oder noch bei uns ist. Perla, Flocke, Schmörky, Peter, Cimba, Kitti, Max und Moritz, die zwei Tigerchen, die ganz kleinen, die Conny gebracht hatte.

Elf Tiere sind in so kurzer Zeit bei mir hängen geblieben. Was mir bei der Kleinsten auffiel, das Laufen sah so steif und hölzern aus. Ich war der Meinung, sie fällt jeden Moment um.

Aber dem war nicht so. Die Kleine sauste um die Kurven, dass es nur so krachte.

Nach oben hatte sie keinen Hang, das mit den Treppen schaffte sie nicht.

Cimba, der Dicke, lief auch nicht nach oben, er hatte einmal rumgeschaut, dann große Mühe, wieder runter zu kommen.

Sein Reich wurde die untere Etage, die teilte er mit Lady, so taufte ich meine Kleinste, ja ihrem Bruder gab ich den Namen Teddy, sein Fell war weich, dick und kuschelig.

Mit Lady machte ich mich auf zum Tierarzt. Nach der Untersuchung stand fest, meine Kleine hatte ein Vitamin B Mangel im Gehirn, da sie noch klein war, hoffte der Arzt, dass es noch früh genug wäre, um Lady mit Vitamin B zu helfen.

Klar war aber auch, es ist keine kurze Behandlung.

Nun gab ich jeden Tag Lady ihre Tabletten, das ist nicht schwer bei den Tieren. Man muss sie nur tief genug in den Rachenraum schieben.

Meine Arbeit in Witten hatte ich aufgegeben, die Katzen, Otto, Micha, das war genug für mich.

Ladys Ausflüge wurden immer größer. Wenn ihr nichts im Wege stand, konnte sie trotz ihrer Behinderung gut um die Kurven sausen. Was sie wollte, machte sie, aber wehe, wenn sie sauer war, dann fauchte sie und konnte dir auch ganz flott eine donnern.

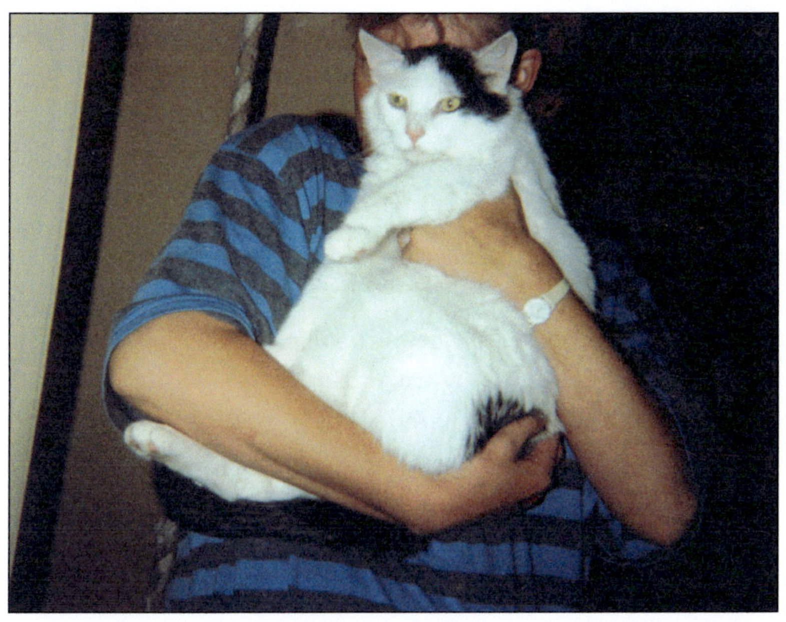

Cimba, der Bomber

Max, 1984

Zwei Tage nach meinem Tierarztbesuch rief Conny an. Es suchten eine rote, eine bunte Katze ein neues Zuhause. Was sie dann brachte, waren zwei einjährige bildschöne Tiere.

Die rote taufte ich Lisa, ihre Schwester war ganz bunt, so wurde sie die Bunte.

Ihre Farben waren nicht klar, sondern total verschwommen in sich verlaufend, sie sah toll aus, was bei Lisa überwiegte! Dass sie ein Mädchen war. Rote weibliche Tiere sind sehr selten, das hängt mit den Genen zusammen, also den Erbanlagen.

Lisa war eine zierliche kleine Katze. Seitdem ich das mache, ist mir mit der Zeit aufgefallen, wurden die Tiere immer kleiner, und was früher zu meiner Zeit noch war, so acht bis zehn Babys, das ist lange vorbei. Wenn vier oder fünf kommen, ist das schon viel zu nennen. Ich schreibe das der Umwelt zu, und dass alles so zugebaut wird.

Meiner Meinung nach ist für diese Tiere draußen kein Umfeld mehr da, schon allein das über eine „Strasse laufen" ist gefährlich. Denken wir an Boris, Hamm, Lerche hat nur zwanzig Hauser vielleicht. Nicht immer ist Helga da.

Meine Tiere gab ich nur für die Wohnung ab. Sie kamen ja von draußen und wer weiß, was sie alles erlebt haben.

Wir lebten mit unseren Katzen, es machte allen großen Spaß. Es zeigte sich, dass es gut war, meine Arbeit in Witten aufzugeben. Arbeit hatte ich genug.

Manchmal wusste ich nicht, wo mir der Kopf stand. Den lieben langen Tag bis spät abends ging's rund, Katzenklos säubern, Sand einfüllen, Näpfe waschen Futter geben, Katzenmilch, Vitaminpillen verteilen. Dann das Haus sauber machen, uns versorgen, und wieder in den Laden, um Vorrat aufzufüllen. Den Tieren die Ohren sauber machen, meine Perser bürsten, die Katzendecken waschen, neue hinlegen, zum Verein fahren. Und noch das Telefon bedienen.

Dann rief der Verein zu einer Sonderversammlung auf.

Es sollte eine verbilligte Aktion zum Kastrieren von Katzen und Kater anlaufen.

Dafür schlossen sich Tierärzte im Umkreis zusammen, die Sache lief dann so ab. Wir hatten die Gutscheine, Kater war billiger als Katze, wer Interesse hatte, rief an.

Waren die Leute da, vereinbarten wir einen Termin, das mussten ja die Tierärzte wissen, wie viele Tiere zu ihn kommen. Das Geld brachte ich, wenn die Zeit zum Erwerb der Gutscheine vorbei war, zur nächsten Versammlung mit.

Die Ärzte rechneten nach dem Kastrieren der Tiere mit dem Verein ab, damit hatten wir nichts zu tun. Aber ich hatte fünfzig Scheine. Fünfzig Leute kamen, sie stellten Fragen, sie spielten mit meinen Tieren. Was aber schlimmer war, die hatten auch noch kleinere Tiere, die sie mir aufs Auge drückten. Wenn ich fragte, warum die Tiere nicht früher kastriert wurden, hörte ich immer wieder, das ist uns zu teuer.

Auch stellte ich fest, fast alle Tiere lebten überwiegend draußen. Ein Katzenbesitzer war so schwer von Begriff, ich versuchte immer, wieder ihm zu erklären, dass es in meinen Augen blöde ist, die Tiere nur draußen zu lassen. Katzen sind bei richtiger Haltung die saubersten Tiere, aber er redete so abfällig davon, als müssten die Tiere froh sein, etwas Futter von ihm zu bekommen. Es wäre wichtiger gewesen, zuerst zu kastrieren und dann zu füttern. Etwas zu fressen finden die Tiere allemal.

Aber er blieb bei seiner Meinung. Micha war bei diesem Gespräch dabei, als sie merkte, dass ich langsam sauer wurde, schickte sie mich in die Küche. Dort angekommen, nahm ich ein Handtuch, drückte es auf meinen Mund und schrie ganz laut da rein. Sonst hätte ich den Druck nicht mehr ausgehalten.

So viel Dummheit hatte ich noch nie erlebt. Micha stöhnte auch, als sie zur Küche reinkam.

Gott sei Dank denken nicht alle so, meinte sie.

Im richtigen Moment klingelte das Telefon, unser Vorsitzender vom Verein war's. Ich solle doch mal zum Kaffee kommen, er hätte auch etwas mit mir zu besprechen.

Nach dem Anruf zog ich mich an rein ins Auto, ab nach Bönen, dort wohnte Dirk mit Frau. Beide waren für Behinderte berufstätig.

Als ich ankam, ins Haus ging, begrüßten mich gleich drei Hunde.
Zwei Doggen, ein Spitz-Verschnitt.

Alle Hunde waren schon alt, sie ließen erst von mir ab, als Dirk sie
zurückrief. Kaffee war auch fertig.

Dirks Frau zeigte mir nach dem Kaffee vier Katzen, eine war etwas älter (Salima). Von den drei kleinen hatte eine nur ein Auge.
„Kannst du die Katzen übernehmen?" Ich schluckte erst mal, im-
merhin waren es vier auf einmal.

Die hier, will bestimmt keiner haben, sagte ich. Nahm die Einäuge
auf den Arm, das glaube „ich" auch, sagte Dirks Frau, und streichelte, der kleinen, über den Kopf.

Es kam wie immer, nach drei Stunden reden, Kaffee trinken,
Hunde schmusen fuhr ich nach Hause. Im Schlepptau drei kleine,
eine große Katze.

Langsam fiel mir auf, dass es eine Sucht wurde, immer neue Tiere
mitzunehmen. Ein Glücksgefühl machte sich bei mir breit. Oh, oh,
dachte ich, das ist gefährlich.

Zu Hause wieder das gleiche Spiel, alle waren zur Stelle. Was ist das,
wer bist du. Jetzt überlegte ich, wenn so schnell Tiere reinkommen,
müssen sie schnell wieder raus. Aber wie? Siebzehn Katzen, das ist
schon eine Menge. Mein Durchgangslager (so taufte ich unsere
kleine Bude), bot ja nur vier Zimmer an. Ein Flur oben, einen
unten, die Treppe. Katzen legen sich zwar überall hin. Mal alle in
einen Raum. Mal alle unten. Dann konnte man nur durchlaufen,
wenn man genau hinschaute. Ja, dann noch das Füttern. Hatte
ich alle Teller voll, stellte ich mich in den Flur und pfiff ganz laut.
Das hatte zur Folge, dass eine Hammelherde lossauste, ich stand
ganz still. Links, rechts ging's vorbei, rein in die Küche, ran ans
Fressen.

Erst dann konnte ich auch in Richtung Küche gehen. Das war auch
die Zeit, wo ich mich setzte, um in aller Ruhe einen Kaffee zu trinken. Wer zuerst satt war, sprang auf die Eckbank und putzte sich.
Nur Lady musste ich hochheben, ich machte sie sauber, bekleckert
war sie überall.

Dann, auf einmal war kein Tier mehr unten, alle waren weg. Sie hatten sich nach oben oder auf ihre Lieblingsplätze verzogen. Auf dem Fußboden lag für mich die Arbeit. Teller einsammeln, Wischwasser besorgen. Cimba lag auf meiner Eckbank, schnurrte mir einen vor. „Ja, ja", sagte ich, „ich möchte auch Katze sein und Helga als Frauchen haben."

Die vier Neuen hatten schon Freunde gefunden. Es war Michas Max, der immer alle Neuen nicht in Ruhe ließ, wenn einer ihn mal anmeckerte, blieb er stur.

Meine Arbeit hatte ich erledigt, ab und zu klingelte das Telefon, Otto ging mit Flocke aus dem Haus. Er wollte in die Stadt. Flocke machte auch ihren Spaziergang, mittlerweile kannte jeder unsere Flocke, alle wussten, wo sie hingehörte. Ich setzte mich, um meinen Einkaufszettel zu schreiben, Cimba lag immer noch auf der Bank und schlief.

Salima, die neue, kam zu mir in die Küche, miaute mich an. „Na, was hast du, suchst du das Katzenklo?", bei ihr musste ich aufpassen! Dirk hatte mir gesagt, dass sie bei ihm unsauber war. Warum, konnte er mir nicht sagen.

Einige Tage später kam Micha mittags nach Hause, ich war verwundert, sollte aber bald den Grund hören. Michas Kollegin hatte von ihrer Tante aus Köln die Zusage, eine kleine Katze zu bekommen. Da Petra noch zu Hause wohnte, wollten die Eltern aber kein Tier. Nun war das Tier mit Tante schon angereist.

Der letzte Ausweg war ich, deswegen war Micha mittags nach Hause gekommen. Was sollte ich sagen? Nein? Wenn so ein kleines Wurschtel von acht Wochen kein zu Hause hat?

Es kam, wie es kommen musste, mit Katzenkorb, Micha und viel Neugierde bewaffnet fuhr ich los, um unseren neuen Mitbewohner abzuholen.

Das Hallo war groß, Angst hatte die nicht, schaute munter in die Runde. „Was ist das denn für eine." „Weiß ich auch nicht", sagte Petra. „Wie die uns anschaut", meinte Micha. Lieb und doch hochmütig. „Ja wirklich“, meinte Petra. „Die kann es sich auch erlauben“, war mein Kommentar.

Das konnte sie wirklich, aus lauter kleinen Fellstücken war eine Katze entstanden. Dabei fehlte keine Farbe, das Fell war mittellang, es glänzte ganz seidig, beige, schwarz, rot, braun, weiß, grausilber und so weiter, sie war ein kleiner Flickenteppich, gut, dass es Fotos gibt, sonst würde keiner das glauben. So etwas hatte ich noch nicht gesehen, alle, die dabei waren, fanden immer wieder eine neue Farbe.

Als es ihr zu viel wurde, sagte ich, es ist Zeit, nach Hause zu fahren. Daheim angekommen, gab ich ihr erst mal Futter und Wasser.

Nach dieser Stärkung machte sich die Kleine auf, ihr Umfeld zu erkunden.

Nur weit kam sie nicht, ich hatte die Küchentür vorher zu gemacht, was dahinter los war, hatte ich schon gehört. Nach dem Öffnen der Tür drängten alle rein. Die Kleine war umringt von Katzen, es machte ihr nichts aus. Mein Rudel störte sie nicht im Geringsten, besser so, dachte ich. Ist auch nicht gut, wenn eine große Prügelei entsteht.

Mit einer Tasse Kaffee setzte ich mich, schaute mir das Spiel an. Einige waren schon wieder weg (wer wohl?), Flocke und Perla (wie immer).

Nach oben zu gehen, hatte sie aber keine Lust. Die Küche lag ihr doch mehr.

Zutraulich sprang sie auf meinen Schoß, rieb ihren Kopf an meine Brust und schnurrte mir eins ins Ohr. Wie vom Blitz getroffen, wusste ich, wo sie ein neues Zuhause bekommt. Meine Schwester Uschi. Mit der Kleinen auf dem Arm pirschte ich mich durch meine Katzen zum Telefon. Es war ein wenig schwierig, den Hörer zu halten, zu wählen und aufzupassen, dass mir die Katze nicht runterfällt. Die war langsam unter meine Haare auf meinen Rücken gekrabbelt. Zu allem kam, dass ich meine Jeans noch anhatte. Rechts und links krabbelten nun meine anderen Katzen an mir hoch, bis zur Hüfte kamen sie immer. Da stand ich nun, behangen

48

mit einer auf dem Rücken, und vier klebten an meiner Hose. Toll, Toll. Als ich das endlich geschafft hatte, Uschi ans andere Ende der Leitung zu bekommen, fragte sie, wer mir ins Ohr schnauft. „Hörst du das?", fragte ich. „Na klar", rief sie. „Das ist dein neues Kind, oder Baby." „Wie!", fragte sie erstaunt. „Ja", sagte ich lachend, „warte, ich befreie mich mal von den Tieren, dann können wir besser reden." „Tu das", war ihr kurzer Kommentar. Bei ihr musste man aufpassen, man trat schnell ins Fettnäpfchen, zumindest hatte man immer das Gefühl.

Nach dem alles beredet war, hatten wir für das Wochenende den Einzug der Neuen geplant. Das wollte ich auch mit einem Besuch bei den Eltern verbinden. Auf meine Hunde freute ich mich riesig, endlich mal die zwei Dicken wiederzusehen.

Am Wochenende wurden die Kleine und ich mit großem Hallo begrüßt. Auch hier war nur „Ah" und „Oh" zu hören. Getauft wurde sie auch, sie bekam den Namen „Maja", mit ihr fing alles an.

Hätte ich keine Perser für meine Schwester gesucht, wäre ich nie auf das Inserat vom Tierschutz-Verein gestoßen.

Stunden später machte ich mich allein auf den Heimweg, mit meinen Hunden hatte ich den Garten bei Mama unsicher gemacht. Wir tobten herum, bis wir aus der Puste waren. Papa hat nur mit dem Kopf geschüttelt. „Ja, ja, macht mal meine Wiese kaputt", rief er öfter, aber böse war das nicht gemeint. Den Acker hatte ich ja mit umgegraben, um Wiese einzusäen.

Es war ein schöner Tag, überlegte ich auf dem Heimweg. Ich habe einem Tier ein neues Heim verschafft, schöne Stunden erlebt.

Eine Woche später stand ein junger Mann vor unserer Tür, er hatte von dem Katzenhaus gehört, nun wollte er sich schlau machen, wie, was und welche Katze zu ihm passt.

Auch hatte er im guten Glauben schon alles eingekauft, was man für ein Tier benötigte. In meiner Küche sah er einige Tiere, er fand alle toll, das war für mich schon mal sehr gut, ich mochte keine Leute, die nur nach Schönheit gingen.

Beim Kaffee musste er sich gefallen lassen, dass meine Tiere auf ihm herum kletterten, er fand's gut, es machte ihm Spaß. Meine Katzen waren vor Fremden nicht scheu, dabei war auch Salima, sie legte sich auf seinen Schoß und ließ sich genussvoll kraulen.

Er schaute sie an, meinte kurz: „Das ist sie, die nehme ich. Es war Liebe auf den ersten Blick. Ich klärte ihn über seine neue Katze auf, nachdem alles erledigt war, Adresse und so, sagte er, er wolle sich melden, wie Salima sich einlebt. Falls es Probleme gab, mich informieren, zwecks Hilfe.

Meine Freude war groß, so schnell wieder ein Tier vermittelt zu haben.

Aus Ahlen kamen über Maja auch nur gute Nachrichten. Das tat so gut, wenn sie auch nur kurze Zeit bei mir war, hatte sich die Arbeit doch gelohnt.

Aber wie immer, wenn ein Tier geht, kommen bestimmt zwei wieder rein.

Diesmal aber nur einer. Ein zirka fünf Wochen alter Kater, eine Radfahrerin hatte ihn gefunden.

Der kleine war rotbeige, das Fell war dicht und dick, die Haare waren ganz kurz. Nachdem die Frau mich informierte, machten Micha und Ulrike sich startklar. Die zwei hatten ihren freien Tag und wollten mir die Wege abnehmen.

Die Mädchen waren zum Katerchen unterwegs, ich rief den Tierarzt an, so dass keine große Wartezeit entsteht.

Ich wusste, wenn der kleine Kater hier ankommt, ist er untersucht, geimpft, ich konnte dann den Rest machen.

Paste zum Entwurmen hatte Micha auch gleich mitgebracht.

Das Entwurmen bei den Tieren ist wichtig, egal welche Rasse es ist, auch alte Katzen sollte man entwurmen. Flöhe übertragen Bandwürmer, die Bandwürmer werden auch auf Tiere übertragen, die keine Flöhe hatten (wenn sie sich ablecken oder vom Klöchen).

Gegen diese Würmer gibt man nach Gewicht Tabletten, ob Befall vorliegt, kann der Tierarzt durch Abtasten feststellen.

Wer sich ein Tier zulegen will, sollte immer die Augen, Nase, Ohren und auch das Popoloch ansehen. Augen dürfen nicht verklebt, wässerig und nässend sein. Die Ohren dürfen nicht nass oder schwarz verklumpt aussehen. Das deutet auf Milben hin, und die sind grausam. Auch auf andere Tiere übertragbar. Nun zur Nase, sie darf nicht laufen oder verstopft sein, der Popo nicht verschmiert, die Haare nicht verklebt, wenn das alles nicht vorhanden ist, können Sie das Tier beruhigt nehmen. Aber auch dann nicht den Tierarzt vergessen. Zwecks Impfung gegen Katzenseuche und Katzenschnupfen. Mäuse übertragen Flöhe, Milben hängen im Gras, genau wie Zecken. Ihr glaubt nicht, wie viele Tiere ich gesehen habe, die so krank waren, dass mein Tierarzt und ich sie gleich Einschläfern mussten. Ich weinte mir die Augen aus, für die Tiere war es eine Erlösung.

So, nun zurück, mein neues Katerchen war fertig. Er machte sich ganz tollpatschig über seinen Fressnapf her, aber mit fünf Wochen, was kann man da schon erwarten? Nachdem er alles mit Wasser runtergespült hatte, schaute er mich an, wo soll ich schlafen? Ich bot ihm meine Eckbank an, da hatte ich ihn im Auge, konnte sehen, was er so tat, oder wer was von ihm wollte.

Getauft war er noch nicht, war aber auch nicht wichtig, er drehte sich dreimal im Kreis, dann lag er eingerollt schlafbereit. Das Telefon riss mich von meinem Beobachtungsposten. Ah, dachte ich, da will wieder einer was von dir.

Nachdem ich in Kamen so bekannt war (Katzenmutter), wurde die Arbeit außer Haus immer mehr. Viele Leute riefen an (manchmal hätte ich das Telefon gern aus Fenster geworfen), wenn sie mich draußen trafen, hörte ich, wo was im argen lag, ob ich mich darum kümmern könne.

So lernte ich eine Frau mit siebenjährigem Sohn kennen; sie fragte mich etwas ganz Komisches. Ob eine Katze alle Haare bräuchte, ich fragte: „Wie? Welche Haare?" „Ja, die langen!", meinte sie. An den

Augen, am Maul und so. Dann hörte ich, dass die Katze humpeln würde. „Wieso das denn?", fragte ich baff.

Die langen Haare sind Tastorgane, damit orientieren sie sich; aber was soll das Ganze; ich wurde langsam sauer; auch konnte ich mit diesem Gerede nichts anfangen. Nun kam die große Erklärung; ihr Sohn hat eine kleine Katze; wäre viel alleine. Sie müsse arbeiten, aus Langeweile hatte ihr Sohn dem Tier alle langen Haare abgeschnitten. „Toll", war mein Kommentar, Gott sei Dank nahm sie meinen Vorschlag an, dass ich mir in ihrer Wohnung das Tier ansehe. Als ich nach Hause ging, war ich in Gedanken bei diesem Tier.

Ich war super pünktlich zum Termin, in der Wohnung sah ich auf den ersten Blick, dass dieses Tier misshandelt wurde.

Sie war höchstens sieben Monate alt, humpelte auf drei Beinen. Den linken Vorderlauf hielt sie hoch, oben waren alle Haare weg. Die Kleine musste schlimme Schmerzen aushalten, vermutete ich.

Vorsichtig schaute ich mir das Beinchen an, das war gebrochen, stellte ich fest. Die langen Schnurrhaare waren wirklich alle weg, als ich das der Mutter sagte, wurde sie noch pampig.

Ich erklärte ihr daraufhin, dass ich Anzeige erstatten könne, da wurde sie doch ruhiger.

Ich legte ihr den Abgabe-Vertrag vor, sie war froh, das Tier los zu werden. Dann bat ich sie, noch etwas zu warten, bis der Sohn ein neues Tier bekommt. Und dass sie ihrem Sohn erst einmal zeigen sollte, wie man mit Tieren umgeht. Auch sie fühlen Schmerzen. Ein Hund jault; wenn man ihm weh tut, eine Katze leidet stumm.

Auf meinem Rückweg fuhr ich gleich durch zum Tierarzt.

Nach dem Berichten sah ich dann das Röntgenbild, es war ein Bruch, schon ein paar Tage alt, was tun? Das fragte sich auch mein Tierarzt: Wir überlegten, das Beinchen ruhig zu stellen, an dem Bruch selbst konnten wir nichts mehr tun (zu alt), nachdem das Beinchen verbunden war, banden wir es in Richtung Bauch fest, sie humpelte zwar nach wie vor, aber es war besser so, sie konnte sich nicht mehr aus Versehen auf das kaputte Beinchen stellen.

Als alles erledigt war, fuhren wir nach Hause. Mein Durst auf Kaffee war riesig, sicher hatte die Kleine auch Hunger.

Mein frisch gebrühter Kaffee duftete durchs Haus, dass sogar mein Mann Otto antrabte. „Na?", fragte er, „was hast du denn wieder mitgebracht?" Ich zeigte ihm unseren neuen Hausbewohner. „Meine Güte", sagte Otto, „wer macht denn so etwas?"

Wir tranken unseren Kaffee, dabei erzählte ich alles. Ich fühlte mich wie ein Sieger, der die Schlacht gewonnen hatte.

Otto zeigte auf unsere Neue. „Schau mal, die hat keinen Hunger." Da erst sah ich, wie die Kleine uns ansah. „Helft mir", so war der Blick. Sie konnte nicht fressen, sie wäre kopfüber in den Napf gefallen, ein Beinchen war doch nicht mehr als Stütze da. Nun wusste ich auch, warum an der rechten Seite alle Haare weg waren, sie hatte sich da immer abgestützt. Was aber konnte ich tun?

Den Napf höher stellen, klappte nicht, ich setzte mich auf den Fußboden, hielt den Napf so, dass sie auf drei Beinen sitzend fressen konnte. Was sie dann auch ausgiebig tat, für mich war das sehr unbequem. Dabei fiel mir mein Boris wieder ein, den hatte ich ja auch gefüttert.

Die Tage vergingen, es geschah nichts Außergewöhnliches. Alle Tiere waren gesund und munter. Meine Perser Schmörky stand ja wieder im vollen Haarkleid. Sie war es auch, die immer die Blicke der Passanten auf unser Haus zog.

Ihr Lieblingsplatz war die Fensterbank, und Fenster hatten wir ja genug. Fachwerkhäuser sind nun mal so, zur Straße hin hatten wir fünf, da unser Haus ein Eckhaus war, lagen zum Hof die restlichen vier. Wer bei uns vorbeiging, hatte die Fensterbank in Augenhöhe, auf jeder Fensterbank, wo die Sonne hinkam, lag meine Schmörky. Bildschön mit honiggelben Augen. Ich hörte dann immer das „Ah" und „Oh", wie schön, schau doch mal, wie niedlich, wenn sich dann noch der eine oder andere dazusetzte von unserer Bande, dann war das Staunen noch größer.

Ottos Haus lag in der Altstadt, ringsherum wurde einmal im Jahr ein Altstadt-Fest gefeiert.

Alte Ritterspiele, Schmiedekunst, alte Handarbeiten, Volkloremusik gemacht, und wie man früher Brot backte.

Da dieses Fest drei Tage dauerte, liefen viele Menschen um unser Haus, alle wollten sehen, was da so los war. Ist ja auch recht interessant.

Aber die Leute sahen auch meine neugierigen Katzen. Angelockt durch die Stimmen mussten sie schauen, was da los ist. Angst hatten die ja keine.

Nun gab es drei Tage lang nur unsere Fensterbänke. Rings ums Haus standen die Leute. Kinder wurden hochgehoben, damit sie besser sehen konnten.

Meine Tiere waren mit dem Altstadt-Fest die große Sensation, es gab keine Ecke, keinen Tag, an dem ich die vielen Menschen nicht sah. Sonntags war dann alles vorbei. Zwar schauten meine Tiere noch öfter nach, aber es war keiner mehr da. Endlich konnten wir wieder auf den Hof gehen, es war eine himmlische Ruhe eingezogen.

Zwei Tage später bekam ich einen seltsamen Anruf, der Stimme nach eine ältere Dame. Sie fragte, ob die große weiße Katze, die sie am Fenster gesehen hatte, schon länger bei uns war.

Es gibt bestimmt viele Katzen, die so aussehen, meinte ich. „Ja, ja", sagte sie, aber das, was sie da gesehen hatte, war ihre Katze.

Was mir auffiel, ihre Stimme klang so weinerlich, nun tat sie mir Leid.

Als ich ihr daraufhin erzählte, wie ich an Cimba gekommen bin, wie lange er schon bei mir war, staunte sie doch. Sie wohnte ganz in der Nähe.

Ich lud sie zum Kaffee ein. Wenn Bilder vorhanden sind, mitbringen. So wurde es gemacht, nur dass mich zwei ältere Damen aufsuchten.

Cimba lag wie immer in der Küche, döste vor sich hin, den Tisch hatte ich schon gedeckt. Die zwei fanden's toll. (Meine Bande war als ganzes Rudel anwesend.) Als sie dann aber ihren vermeintlichen Kater sahen, fing die eine gleich an zu weinen.

Es gab aber noch eine Übereinstimmung, da war ich platt. Ihre und meine Katze hatten den gleichen Namen: Cimba.

Meine Tochter hatte unbewusst den Namen gewählt.

Es stellte sich dann heraus, dass die zwei Schwestern mit ihrer Katze zusammen wohnten. Morgens brachten sie Cimba in den Garten, am Abend ging er mit den zweien wieder nach Hause. Eines Tages hatte er ein Loch im Zaun gefunden, so verschwand er. Gesucht hatten sie ihn. Nur die zwei waren über siebzig Jahre alt. Sie hofften, dass er allein wieder nach Hause findet.

Nur der pure Zufall schickte sie durch meine Straße, die jüngere war die ganze Zeit über leise am Weinen, sie war so froh, dass es dem Dicken so gut ergangen war. Weil er bei mir keine Ausflüge unternahm, wollten sie ihn auch nicht mehr mit rausnehmen. Es tat mir in der Seele weh, mich von dem Dicken zu trennen, aber es half kein Jammern. Das machte die eine ja schon. Mehr als einmal sagte die Ältere, sie solle aufhören, „du siehst doch, es ist ihm gut gegangen.“

Ihre Stimme klang ärgerlich.

Jetzt hörte ich auch, wie alt er ist: zwölf Jahre. Wir vereinbarten, dass am anderen Tag Cimba in sein altes Reich zurückkommt. Mir war das sehr recht, so konnte mir alles ansehen. Die zwei alten Tanten hätten es nicht geschafft, Cimba mitzunehmen. Nach gut zwei Stunden, in denen ich immer wieder hörte, wie schön Cimba doch ausschaut, wie gut er gepflegt ist. Ich war froh, als die zwei nach Hause gingen. Die restliche Zeit verbrachte ich mit Cimba. Er war wirklich schön geworden. Das Fell strahlend weiß, wie ich es vermutet hatte. Als ich mit ihm schmuste, wurde mir doch das Herz schwer. Meine Güte, wie schnell man sein Herz an diese Tiere hängt.

Am nächsten Morgen ich hatte sehr schlecht geschlafen. Meine Arbeit ging mir schwer von der Hand. Mein Frühstück schmeckte mir nicht. Ich kaute auf meinem Brot herum, als wäre es ein Stück Leder.

Meine Tiere kamen ganz verschlafen angetrottet, auch mein Cimba.

Als ich ihn anschaute, hatte ich Tränen in den Augen, aber mitgehangen, mitgefangen: Was zählen schon meine Gefühle, wenn die zwei Tanten auf ihre Katze warten? Ich gab mir einen Ruck, es musste weitergehen. Einer geht, zwei, drei kommen wieder rein, wie mein Otto mal gesagt hatte.

Später war auch meine Hütte sauber, Otto war zum Arzt wegen eines Zuckertests.

Ich machte meinen Cimba reisefertig, weit brauchte ich nicht zu fahren, vier Straßen und wir standen vor dem Haus.

Die zwei Damen schauten schon, wo wir bleiben, sie führten mich auch gleich in den Garten. „Hier war er immer“, sagte die eine, „und hier war das Loch!“, rief die andere. Ich wusste nicht, wo ich zuerst hinschauen sollte.

Der Garten war hoch eingezäumt, er war so urwaldmäßig, ein Paradies für Tiere, aber nicht mehr für den alten Cimba. Auch ist er zu schwer, um viel herumzulaufen. Wir gingen ins Haus, dort ließ ich auch Cimba aus dem Korb. Es gab erst mal Kaffee. Cimba fand seinen Platz, das Katzenklo, sein Fressen.

Ich klärte die zwei auf, dass der Dicke kein Dosenfutter mehr darf, nur Trockenfutter, so bleiben die Zähne gesund. Er wird auch nicht dicker davon, keine Milch (fördert Durchfall). Bei schönem Wetter ruhig mal mit ihm in den Garten laufen, aber immer wieder mit reinnehmen.

Ich glaube, die zwei hätten mir alles versprochen, so glücklich waren sie.

Cimba lag auf seiner Decke, aalte sich, wurde von der jüngeren unterm Bauch gekrault. Ich sagte, dass ich langsam gehen müsste, es warten noch ein paar andere zu Hause. „Wir bleiben aber in Kontakt“, sagte die ältere. Dass ich schnell ja sagte, war von mir Eigennutz. So konnte ich Cimba öfter sehen, mitverfolgen, was er machte und eingreifen, wenn nötig. Mit vielen Grüßen an meine Tochter und noch mehr Dank machte ich mich auf den Heimweg.

Das war meine Trennung von Cimba.

Der restliche Tag ging sehr traurig für mich vorbei, immer wieder dachte ich, Cimba liegt auf der Eckbank herum, leider war der Platz leer.

Nach einer schlechten Nacht wurde es sehr hektisch. Karin rief an, um vier kleine Katzen anzumelden. Auch das noch!, dachte ich. Aber was soll's, es geht ja weiter. Dann kam der Kindergarten, Karin trug einen Korb rechts, einen links, was dann da raussauste, war zu putzig. Zwei Mädchen und zwei Jungs. Der eine, oben tigergrau, unten weiß, der andere rabenschwarz, die Mädels, eine schwarzweiß, die andere grau, aber mit schwarzen Kringeln. Sie sah aus wie eine Ringelsocke, war meine Tochter der Meinung, als die vier sie abends begrüßte.

Angst war für die Bande ein Fremdwort. Als mein Rudel wie immer zur Stelle war, da gab es für die vier kein Halten mehr. Hinein in den Haufen und sehen, was kann ich anstellen? Große, ältere Tiere sind ruhiger, sie spielen nur bedingt. Kleine dagegen stellen alle" auf den Kopf. So auch die vier, als die leichte Scheu der Treppe gegenüber vorbei war, gab es kein Halten mehr.

Oben, unten, sogar am Treppengeländer versuchten sie sich, meine machten kräftig mit: Es krachte und schepperte überall. Blumen hatte ich ja keine (kein Platz), wer weiß, was damit geschehen wäre.

In diesem Haufen tobten alle, Max, Moritz, Peter, Teddy, Puschel (der aus dem Graben) und mein Humpelbein, der verbundene, versuchte mitzumachen. Und natürlich Lady war dabei, blieb aber auf halber Strecke liegen. Ihre Behinderung haute sie um, was sie aber nicht davon abhielt, es wieder und wieder zu versuchen.

Nach dem Tierarztbesuch der Neuen (alles war o.k.) konnten sie im Rudel bleiben, mussten nicht isoliert werden. Das Impfen wurde im Katzenbuch vom Verein eingetragen, einmal im Monat nach Rechnung von unserem Kassenwart bezahlt. Unser Kassenwart war die Nichte von Karin, später hören wir noch mehr davon.

Dann wurde mir ein Notfall gemeldet. Im Park eines Altenheims beobachtete eine Altenpflegerin seit zwei Tagen eine ganz kleine Katze ohne Mutter und Geschwister. Ob wir uns nicht der Kleinen annehmen könnten, fragte sie am Telefon. Natürlich können wir, war meine Antwort. Nach dem Notieren des Falles legte ich auf.

Da Ulrike in Süd-Kamen wohnte, rief ich Michas Freundin an. „Ich wollte auch gleich kommen", sagte sie. Das ist gut, dann ist Micha auch zu Hause.

So kam es, dass wir am Abend alle zusammen waren. Otto schaute TV.

Wir überlegten, wie wir es anstellen, das Tier zu fangen. Dabei musste man sehr vorsichtig sein, sonst sind die Tiere weg. „Mit Leberwurst", war Michas Antwort. Damit bekommt man jede Katze. Die zwei machten sich fertig, um abzudüsen.

Ich hockte wie immer auf heißen Kohlen. Was bringen die zwei wohl? Otto war, im Schlepptau drei Katzen, in die Küche gekommen. „Na", sagte er, „viel zu tun?" „Nee", meinte ich. Nach dem Kaffee wollte Otto den Hof fegen. "Ich komme auch gleich raus!", rief ich.

Mit Wasser und Gläser bewaffnet, begab ich mich auf den Hof. Otto setzte sich, es war sehr warm draußen. „Können wir am Sonntag einen alten Kollegen in Bochum besuchen?", fragte Otto mich. „Na klar, machen wir", dabei schaute ich, ob Flocke langsam mal nach Haus kommt, aber keine Flocke weit und breit in Sicht.

Wir sprachen noch über dieses und jenes, bis meine beiden Mädchen mit Beute angebraust kamen. Otto öffnete das Tor, gemeinsam gingen wir in die Küche. „War ganz leicht", sagte Micha, die hatte großen Hunger. Ulrike war schon dabei, das kleine Vieh aus den Korb zu nehmen. Ein etwa fünf Wochen rabenschwarzes Katerchen, dünn und voller Angst. Er fauchte mich an. Das ist immer zu niedlich. Die fauchen zwar, aber es ist meistens ein Spucken, führen sich dabei wie ein paar Wilde auf. Der Kleine wurde versorgt, dann kam die Schmusestunde. Das machten diesmal die Mädels.

Am Sonntag machte ich mich mit Otto auf den Weg nach Bochum. Meine giftgrüne Ente war am Samstag startklar. Mein Schwager Wilfried hatte mir die Ente erst fertig gemacht mit Tüv und so. Er hat viel Zeit in den Citröen gesteckt. Unsere Ente sah toll aus, sie glänzte im Sonnenschein.

Ottos Kumpel mit Frau freuten sich, mich kennen zu lernen, auf dem Balkon war der Tisch gedeckt, es wurde über alle möglichen Sachen geredet. Als würde es mich verfolgen! Susanne (das war ihr Name) erzählte dann munter drauflos (sie wusste noch nichts von unseren Tieren), eine Katze hatte den Balkon als ihr zu Hause angesehen. Susanne versorgte sie mit Pappkarton, Futter und Wasser. So beschloss sie, im Frühjahr auch ihre Babys hier groß zu ziehen.

Das klappte alles sehr gut, sie konnte in den Garten laufen, um ihr Geschäft zu erledigen, die kleinen machte sie ja sauber. Als die Babys so weit waren, um Ausflüge zu unternehmen, zog die Mama mit den Babys in die Gartenlaube. Da hatten sie ein weites Feld. Susanne stellte weiterhin Futter und Wasser bereit. Bei unserem Besuch waren die Kleinen drei Monate alt. Susanne war dann aufgefallen, dass ein kleiner immer etwas zurückblieb. Der Letzte am Futternapf, der Letzte am Wassertopf, immer wenn er kam, gingen die anderen weg. Susanne versuchte, den Kleinen dann handzahm zu machen, was sie auch schaffte. Mir aber sagen, was der Kleine hatte, konnte sie nicht..

Otto sagte: „Ach, da bist du bei Helga richtig!" Jetzt erst hörten die zwei, was bei uns los war. Susanne war begeistert, für sie gab es nun kein Halten mehr, sie musste mir die Tiere zeigen. Wir nahmen Leberwurst, machten uns auf den Weg. Rufend und lockend machte Susanne auf sich aufmerksam, ich blieb etwas zurück. Alle Tiere waren ruck, zuck! bei ihr, ich schaute mir den Kleinen an, es stimmte. Er setzte sich so zwei Meter weit weg, ich konnte ihn gut sehen. Was ich sah, war nicht gut. Der Kleine musste etwas mit dem Darm haben, erstens war er ganz dünn, zweitens hatte er an den Hinterläufen kein Fell mehr. Ich sah das rohe Fleisch, ganz große Wunden. Ich war sehr erschrocken, man konnte auch sehen, dass

Kot am Popo klebte. „Oh, oh", sagte ich, als Susanne zu mir kam, „da müssen wir ganz schnell etwas unternehmen." „Was ist das?", fragte sie, wir konnten sehen, dass der Kleine zum Teller lief. Ich erklärte ihr, was er meiner Meinung nach hatte. „Ich nehme ihn mit zu mir, ich kann heute am Sonntag zum Tierarzt. Hier dauert es nicht mehr lange und der Kleine stirbt." „Bloß nicht!", rief Susanne. Wir suchten im Haus und Keller nach einer Kiste oder Pappkarton. Susanne gab mir alte Tücher, die ich reinlegte, so bewaffnet zogen wir wieder in den Garten. Unsere Männer hatten es sich mit Bier und Wein gemütlich gemacht.

„Meckert Otto nicht?", fragte sie. „Nee, das macht er nicht, er kennt mich in solchen Sachen." Susanne lachte. Wieder blieb ich etwas zurück, so konnte sie den Kleinen mit ruhiger Stimme anlocken und in den Karton setzen.

Als wir wieder im Haus waren, konnte ich mir den Kleinen näher anschauen. Auch Susanne sah, was los war, sie hielt sich die Nase zu. „Der stinkt ja wie die Pest", meinte sie. „Ja", sagte ich, „es wird höchste Zeit, etwas zu unternehmen, ich stelle ihn erst mal ins Auto." (was ein großer Fehler war) Mit Otto besprach ich dann, wie es weitergeht. „Kein Problem", meinte er, „fahr du mal, vergiss mich hier nicht, wenn du fertig bist, komm und bring mich nach Hause." Gesagt, getan. Susanne brachte mich zum Wagen, der Kleine war nicht aus dem Karton herausgekommen, das konnten wir durchs Fenster sehen. Aber als ich die Tür aufmachte, dachte ich, ich falle um. Uns kam ein penetranter Gestank entgegen. Susanne machte gleich zwei Schritte zurück. Ich riss alle Fenster und Türen auf, nahm den Karton und gesellte mich in Susannes Nähe, hier konnte man es aushalten. Dann lachte ich aus vollem Hals, es sah zu lustig aus, die Ente, alles offen, wir standen, einen Pappkarton festhaltend, wie bestellt und nicht abgeholt. Wenn uns Leute beobachtet haben, waren die bestimmt der Meinung, die haben sie nicht alle. Nach einigen langen Minuten fragte Susanne: „Wie wird denn die Fahrt für dich?" „Och, das wird schon klappen", sagte ich, „Dach und alle Fenster hochklappen, den Rest macht der Fahrtwind für mich, und so weit ist es ja auch nicht. Ich muss nun aber auch los, egal wie mein Auto stinkt."

Susanne ging zum Haus zurück. Ich verstaute den Karton, schmiss die Türen zu und rollte das Dach ganz auf, so ging's los, der Geruch war erträglich.

Wie gesagt, es war nicht weit, von meiner Katze hörte ich nichts. Mein Tierarzt war auch daheim, es klappte ganz gut. Der Arzt schaute mich an. „Was ist das denn?" Er war ja einiges von uns gewöhnt, aber was ich da anschleppte, und schüttelte den Kopf. „Und wie ist die Diagnose?", fragte er. Ich sagte ihm alles, was, wie und woher. „Na, wollen wir mal sehen", meinte er. In der Zeit, in der er mein Tier versorgte, rief ich zu Hause an. Micha hörte aufmerksam zu, als ich fertig war, meinte sie lakonisch: „Du kannst zum Mond fliegen und bringst auf dem Rückweg noch ein paar Tiere mit."

Ich hatte das Gefühl, verteidige dich, aber meine Tochter lachte mich nur aus. „Ja, ja", sagte sie, aber kommt erst mal nach Hause, dann sehen wir weiter. Ulrike ist auch hier!", rief sie noch, bevor ich auflegte.

Mein Tierarzt war mit Katerchen fertig, er packte mir alles ein, was ich an Medikamenten brauchte. Es war eine schwere Darminfektion. Es lief raus wie Wasser, nun hoffte er, das es für den Kleinen nicht zu spät ist.

Auf dem Weg nach Hause hoffte ich das auch.

Micha war voller Mitleid, als sie den Kleinen sah. Ulrike fragte, wo ich den Kleinen hinlegen wollte, herumlaufen war ja nicht gut möglich. Mir fiel mein Hasenkäfig ein. Das war es, der Käfig war groß, der Kleine hätte viel Platz. Was aber das Beste dabei war, dass man alles gut sauber machen konnte. Wir legten Küchenrollen Papier hinein, ganz dick waren die Lagen, zwei Rollen gingen dabei drauf, so konnten wir die oberen Lagen wegnehmen, der Kleine lag immer sauber. Als Ulrike mit dem Kleinen hin und herfummelte, überlegte ich, wie alles weitergeht. Futter durfte er nicht haben, der Darm musste ruhig gestellt werden. Er brauchte aber viel Flüssigkeit, durfte nicht austrocknen. Wir müssen auch bei Durchfall aufpassen und viel trinken.

Pennyboy, 1984

Süsse, 1984

Suse mit Düsi, 1984

Söhnchen, 1984

So sagte ich zu den Mädels: „Ich muss zurück, Otto wartet und noch jemand, Susanne, die hören will, was oder wie alles gelaufen ist."

Micha meinte: „Fahr ruhig, wir machen das schon."

Ich düste ab, in Bochum wurde ich schon erwartet, alles musste ich erzählen und versprechen, auch weiterhin zu berichten. Zu Hause angekommen, drehte sich alles um den Kleinen. Meine Katzen lagen und standen um den Käfig drum herum, eine Katze „eingeschlossen", das hatten sie noch nicht gesehen. „Na?", fragte Micha. „Ob wir das schaffen, den durch zu bringen?"

„Warum nicht?", war meine Antwort. Otto schaute auch zum ersten Mal richtig auf den Kleinen. „Was für ein Flohhopser ist das denn?" Nun war an Nachtruhe nicht zu denken, jede Stunde schaute ich nach und versorgte den Kleinen, Otto war schon lange schlafen gegangen. Micha war zur Arbeit. Ich hatte den Fernseher an, zwar nickte ich auch mal ein, aber es war kein tiefer Schlaf. Ich schreckte immer wieder auf, erst kam Micha zurück, dann jaulte Flocke vor unserer Tür, sie wollte rein. Ihr Ausflug war zu Ende. Erst war sie neugierig, was da im Käfig sitzt, dann aber verschwand sie schnell nach oben. Die muss auch total kaputt sein, überlegte ich, so lange, wie die draußen rumrennt. Als der Morgen dämmerte, lag der Kleine im tiefen Schlaf, etwas wie Freude kam in mir auf, die erste Nacht war gut überstanden.

Otto schaute bei mir rein. „Na", fragte er, wie geht's?" „Gut", sagte ich, „er schafft es." Ich machte Kaffee, dann kam auch Micha, sie hatte Frühschicht. Genau wie Otto fragte sie das Gleiche. Nachdem Micha zur Arbeit und Otto auf seinem Spaziergang war, versorgte ich den Kleinen. Alles ließ er sich gefallen, nur die Beinchen einreiben, das passte ihm nicht so in den Kram. „Da musst du durch, für dich gibt keiner einen Pfennig, so wie du aussiehst." Er verstand natürlich kein Wort von dem, was ich sagte, aber mir ging ein Licht auf, „Pennyboy", das wurde sein Name.

Ich bin froh, dass ich Bilder habe, so könnt ihr Pennyboy sehen. Wenn man die Tiere sieht, wie hilflos sie in solchen Situationen doch sind, wird das Herz schwer. Ich fühle dann immer eine große Trauer, wenn ich an alle anderen Tiere denke, die ich nicht sehe und somit auch nicht helfen kann.

Pennyboy überstand auch die nächsten Tage sehr gut, ich konnte wieder in mein Bett. Das fanden meine anderen natürlich super, ich wurde zugepackt, überall lag ein Tier, es wurde geschnurrt, genuckelt und gezankt, der Platz bei mir war heiß umkämpft.

Der Termin für Felix stand auch an. Endlich war es so weit, der Verband vom Beinchen konnte ab. Pennyboy nahm ich gleich mit, es konnte nicht schaden, dass er untersucht wurde. Felix hielt ganz still, er merkte, dass etwas Gutes gemacht wurde. Nach dem Abtasten und einer nochmaligen Aufnahme stand fest, alles war super gut verheilt. Felix hatte zwar noch etwas Angst, das Beinchen zu belasten, aber nach ein paar Übungen klappte das. Nun kam Pennyboy dran, Fieber messen, abtasten, ins Mäulchen schauen. Wir waren sehr zufrieden. „Na, dann kannst du ja auch mit den anderen spielen und rumsausen“, sagte unser Tierarzt. „Gut gemacht.“ Das war ein Kompliment für mich. „Ja“, sagte ich, „man kann, was man kann.“ Dann ging's ab nach Hause. Dort wurden wir schon erwartet. Alle standen Spalier, fehlte nur noch der rote Teppich.

Bei Pennyboy musste ich noch aufpassen, er durfte nicht an Dosenfutter geraten. Sollte aber kein großes Problem darstellen. Er kam aus dem Zimmer, wenn gefüttert wurde.

Alle anderen durften ja, sie waren gesund und puppenlustig, sie stellten nach wie vor die Hütte auf den Kopf. Meine Treppe war der Kletterhügel, das Geländer die Rutschbahn. Die letzten vier von Karin mussten noch getauft werden. Die Namen gaben sich die Tiere unbewusst selbst. Der Schwarze war der Schlimmste. Er sauste rauf und runter, ich sagte: „Man, du düst hier rum.“ „Düsi“ rief ich ihn. Meine Ringelsocke hatte ich auf den Arm genommen, sie schnurrte mir einen vor. „Man, bist du aber süß“, sagte ich. „Süße“, das war ihr Name. Die Schwarzweiße bekam von Micha ihren Namen. „Schau mal, Mama“, rief sie, „die Katze schielt.“ Ich lachte und meinte: „Was du da schon sehen kannst.“ Aber Micha war nicht davon abzubringen. „Suse, sag mal saure Sahne. „Susi!“, rief Micha. „O.k.“, sagte ich, „nennen wir sie Susi. Ihr ist das bestimmt egal." Dann war da noch der Grauweiße. Einige Tage später rief ich ihn. „Söhnchen, komm mal her!" Er kam ja nur so, nicht anders, also wurde er „Söhni" gerufen.

In den nächsten Tagen passierte nichts, es war sehr ruhig.
Wir hatten ein herrliches Wetter, oft gingen wir ins Schwimmbad. Otto entpuppte sich als Fisch im Wasser. Was mich aber störte, war, dass Otto vorher eine Schaumschlacht unter der Dusche draußen machte, alle Leute schauten zu, wenn er sich so einschmierte. Ich tauchte dann im Wasser unter, erst wenn Otto fertig war, tauchte ich wieder bei ihm auf.
Nach einigen Tagen war es mit der Ruhe vorbei. Conny meldete zwei Katzenbabys an. Was sie mir brachte, waren sieben Tage alte Tiere die keine Mama mehr hatten. Conny hatte lange auf die Mutter gewartet, Stundenlang lässt eine Mutter ihre Kleinen nicht alleine. Conny war der Überzeugung, dass etwas passiert war mit der Mutter. Wollte aber öfter an diesem Platz nachschauen, ob sie die Mutter sieht.
Ich schaute mir die Kleinen an, die Augen waren noch geschlossen. Prost Mahlzeit, und schaute auf Conny, ab jetzt bin ich eine richtige Katzenmutter.
Was die Kleinen als Erstes brauchten, war Wärme, viel Wärme.
Das Ganze läuft dann so ab.
Erst mal einen Brutkasten bauen. Ein Katzenkorb wurde dafür fertig gemacht, in den Korb ein Stück Schaumgummi legen, darauf eine Decke. Eine nicht zu heiße Wärmflasche, darauf ein dickes Handtuch. Aus einer alten Felljacke hatte ich die Ärmel geschnitten, so war das wie das Fell der Mama.
So weit war das neue Heim fertig. Nun geht es aber erst richtig los. Was man noch braucht: eine kleine Plastikschüssel, zwei kleine Schwämme.

Eine Dose Katzenmilch (Pulver), eine Babyflasche, ich nahm immer die mit den Liebesperlen drin. Die Mengenangabe steht auf jeder Dose, aber das Futter muss immer frisch fertig gemacht werden, man darf sie nicht stehen lassen, auch diese Milch wird sauer. Was aber ganz wichtig ist, die Milch muss eine bestimmte Temperatur haben. Zieht man zum Beispiel Hasenbabys auf, muss die Milch gute 39 Grad haben, sonst klappt das nicht, habe ich auch schon erlebt.

Das kommt daher, die Tiere haben immer eine höhere Köpertemperatur als der Mensch. Schlimm ist es erst, wenn die Tiere Untertemperatur bekommen.

Nachdem die Kleinen ihr neues Heim bezogen, kuschelten die zwei sich fest zusammen. Ich mixte die Milch, dabei muss man kräftig rühren, sonst gibt's Klumpen.

Käfig auf, vorne ein Handtuch hineinlegen, die Kleinen nicht rausnehmen, nur etwas nach vorne ziehen. Sie dürfen ja nicht kalt werden. Den Nuckel langsam ins Mäulchen schieben, der erste Tropfen sagt den Kleinen, es kommt etwas zum Fressen, jetzt beginnt das Saugen. Nun achte man auf die Pfötchen. Die Tiere versuchen, sie um den Nuckel zu legen, dabei muss man helfen, ich legte meine Hand drüber. Sie fangen an zu stampfen, das nennt man den Milchtritt, ohne Stampfen würde bei der Mutter keine Milch kommen. Und die Zwerge wissen ja nicht, dass es eine Flasche ist und nicht die Zitze.

Hat man zwei gefüttert (dabei sind die Kleinen bestimmt zigmal eingeschlafen), bereitet man warmes Wasser, taucht den einen Schwamm ein, ausdrücken, nun wischt man vorsichtig Mäulchen, Nase, Augen, die Ohren so ab, als würden wir ein Kind waschen. Nun das Tier umdrehen, den Schwamm ausspülen, am Kinn über Hals, Bauch, die Seiten in Richtung Katzenschwanz arbeiten, nie im Kreis, nie hin her, oder rauf und runter.

Vorsichtig nun den Bauch ab Vorderläufe mit Schwamm ohne Druck nach unten arbeiten. Absetzen, nach oben mit dem Schwamm und Strich für Strich nach unten zum Schwanz arbeiten.

Den anderen Schwamm nehmen, nun nur den Popo sauber machen, ganz vorsichtig, aber über Küchenkrepppapier halten.

Das ist es, nur so klappt die Verdauung, ohne diese Massage würde kein Baby Verdauung haben, könnte auch kein Pipi machen. Das alles macht über Wochen die Katzenmama. Ohne diese Behandlung würde jedes Baby eingehen.

Wir Menschen baden, Tiere lecken sich sauber, macht man das so, macht Übung den Meister. Was vorher lange dauerte, oder man glaubt, das schaff ich nicht, weil die so klein sind, man schafft es. Ich auch, und es waren meine ersten kleinen Babys.

Bei aller Arbeit darf die Wärmflasche nicht vergessen werden, sonst kommt die Untertemperatur, das ist gefährlich für die Tiere. Wenn mal Verdauungsprobleme auftauchen, gleich zum Tierarzt, nur er kann dann noch helfen.

So, diese Arbeit macht man alle zwei Stunden, rund um die Uhr. Viel Spaß.

Dann aber, wenn die Tiere endlich die Augen aufmachen, blauer kann kein Bergsee sein. Die schauen dich so niedlich an, der kleine Kopf wackelt hin und her, dabei versuchen sie zu krabbeln. Streckst du deine Hand hin, kuscheln sie sich rein und schnurren. Alles was die Kleinen machen, ist ihnen angeboren.

Nur, wer das schon einmal erlebt hat, kann sagen, wie schön dieses Gefühl ist. Alle Arbeit und Sorgen sind vergessen.

Nachdem die Kleinen aus dem Gröbsten raus waren, konnte ich mich mehr um die anderen kümmern.

Alles was sonst im Schweinsgalopp gemacht wurde, konnte ich gründlich mit mehr Zeit bewältigen. Dabei entdeckte ich, dass Suse, Söhni, Süße und Düsi eine komische Angewohnheit haben. Mittags immer zur gleichen Zeit wackelten die vier in meine Küche, legten sich auf den Küchentisch im Kreis und begannen sich gegenseitig am Bauch zu nuckeln. Es kam keiner zu kurz, man stelle sich das bildlich vor. Suse bei Söhni, Söhni bei Süße, Süße bei Düsi und Düsi bei Suse. So was hatte ich noch nie gesehen, alle waren unter dem Bauch ganz nass.

Wenn das Nuckeln vorbei war, rieb ich einen nach dem anderen trocken, so zogen sie aus meiner Küche im Paradeschritt wieder nach oben.

Am nächsten Tag, um die gleiche Zeit, wackelten sie wieder an, legten sich auf ihren Stammplatz und los ging's, das Schmatzen konnte jeder hören. Wenn man Tiere hat, darf man nicht pingelig sein, ich legte von nun an ein altes Bettlaken über meinen Tisch.

Was ich nicht mag, wenn Menschen sich ablecken lassen.

Das ist so schlimm, die Tiere laufen draußen rum, Hunde saufen Wasser aus den Pfützen, Katzen fangen Mäuse, nee, nee, Tier muss Tier bleiben.

Tiere sind immer so sauber wie der Mensch, der sie hält.

Was glaubt ihr wohl, was bei uns an Müll da war, alles was ich reinbrachte, Sauber musste ich wieder weg bringen.

Wir hatten, wenn ich richtig zähle, zwei Vögel und 21 Katzen. Da kommt allerhand zusammen. Ich werde nie den Tag vergessen, als Conny, die es nur gut meinte und mir helfen wollte, mir eine mit Plastik ausgelegte Kiste brachte, darin befand sich Schweinefleisch. Überwiegend nur große Stücke, sehr fettig

(wie gesagt, sie meinte es nur gut). Micha und ich kamen überein, es nicht zu kochen. Unsere Tiere, waren wir der Meinung, würden nur Durchfall bekommen.

Aber wohin damit, in die Mülltonne. Dass es draußen sehr warm war, fiel mir da nicht ein. Tonne auf, Fleisch rein. Erster Fehler. Am anderen Morgen fiel mir nichts auf, alles war wie immer. Zwei Tage später, wir hatten unseren Müll wie immer in die Tonne geworfen, wollte Micha auf dem Hof Sonne tanken, als ein Schrei von ihr mich raushaute. „Was ist los?", rief ich. Micha lag nicht auf der Liege, nein, sie stand und zeigte auf unsere Mülltonne.

Was ich da sah, haute mich fast um. Wir hatten noch nie mit Maden in der Tonne zu tun gehabt, hier mussten es aber Millionen sein, sie krabbelten überall.

Die Mauer hoch, die ganze Mülltonne von oben bis unten, über den Hof, mir standen die Haare zu Berge. Das Erste, was mir einfiel, war der Wasserschlauch, unser Gully war vor dem Hoftor. Wir spritzten, was der Schlauch hergab, die Wände, den Hof, die Tonne. Auf dem Boden schwammen die Maden in Richtung Gully.

„So", sagte Micha, „das wäre erledigt." Ich klappte den Deckel der Tonne zu. Zweiter Fehler. Micha hatte zum Sonnen keine Lust mehr, konnte ich gut verstehen, mir war auch alles auf den Magen geschlagen (wie schon gesagt, ich hatte keine Erfahrung mit diesen Tierchen). Heute, ja da wissen wir, dass man den Deckel offen lässt, das Fleisch erst in viel Papier gewickelt wird und dann erst in die Tonne kommt. Es kam aber noch schlimmer.

Am Morgen krochen die Maden sogar an den Hauswänden hoch, das waren bestimmt doppelt so viel, wie wir schon weggemacht hatten.

Micha hatte nun den Wasserschlauch, ich kam auf die Idee, einen großen Eimer voll Wandfarbe reinzuschütten, dann Lackfarbe, Pinselreiniger, Glasreiniger und Micha hielt lustig den Schlauch. Dann war eine Pause, wir schauten wie Kinder auf unser Werk, freuten uns, dass kaum noch welche herumkrabbelten. Wie auch, es war eine dicke Pampe geworden. Als dann aber diese Pampe zu qualmen begann, machte ich mir doch so meine Gedanken. Was, wenn die Tonne explodierte? Alle Nachbarn hätten dann auch was davon, mir wurde ganz heiß. Im richtigen Augenblick kam Ulrike um die Ecke. Sie kannte sich damit aus, nahm einen alten Besenstiel, klemmte ihn zwischen Deckel und Tonne und meinte, so kann sie stehen bleiben, ihre Oma machte das auch immer so. Na, dachte ich, warten wir mal ab.

Aber es stimmte, als die Müllabfuhr am nächsten Tag kam, war die Tonne so schwer, dass der Müllmann fragte, ob ich die voller Steine hätte.

Ich schwitzte Blut und Wasser, ich wollte endlich diese Maden los werden.

Dann stand sie da, leer, total verdreckt, erst mal zum Gully, wieder den Wasserschlauch, den Schrubber her, dann ging's los. Ich putzte wie der Teufel und schwitzte wie ein Affe, wir hatten so um die dreißig Grad, die Sonne knallte vom Himmel. Nachdem die Tonne sauber war, spritzte ich Hof, Wände, alle Ecken noch mal ab. Ich wollte sicher sein, dass alle weg sind. Mir stehen heute noch die Haare hoch, wenn ich an diese Geschichte denke.

Dann kam der Tag, an dem ich nur noch unterwegs war. Eine Nachbarin, sieben Häuser weiter weg (hat auch zwei Katzen), stand vor meiner Tür.

Sie erzählte, dass am Futternapf ihrer Tiere eine schwarzweiße Katze saß.

„Deine Flocke kenne ich auch", meinte sie. Ach ja, ja meine Flocke, Hans Dampf in allen Gassen hier. Nun wollte ich aber wissen, was sie auf dem Herzen hatte. Was ich dann hörte, verursachte mir Magendrücken. Die Katze, die sie gesehen hatte, war ihrer Meinung nach verletzt.

Eine Wunde zog sich über den Rücken des Tieres, entweder vom Stacheldraht, oder jemand hat einen Stein geworfen, und das Tier wurde unglücklich getroffen.

Die Wunde klaffte breit auseinander, in dieser Wunde hatte sie Maden gesehen.

Oh nein, dachte ich, nicht schon wieder. Die Katze konnte an dieser Stelle nicht lecken, um die Wunde sauber zu halten. Werden diese Parasiten nicht entfernt, fressen sie sich immer weiter, durchtrennen Nervenstränge, die die Tiere brauchen für Schwanz, Wirbelsäule und den Bewegungsablauf des Hinterteils.

Es war höchste Eile geboten.

Conny musste mit ihrer Katzenfalle her. Alles klappte in kurzer Zeit, meine Nachbarin freute sich, dass einer alles in die Hände nahm und nicht lange fackelte. Nachdem die Falle da war, legte ich gekochtes Hühnerfleisch hinein.

Es duftete köstlich, für die Nase der Katze ein Hochgenuss.

Meine spielten immer verrückt, wenn dieser Duft durch das Haus zog. Nun suchte ich einen Platz, damit nicht andere Tiere meine Falle enterten.

Aber der Geruch haut auch einen alten greisen Kater auf die Pfoten. Drei waren gefangen, Fleisch natürlich gefressen, die schauten nicht schlecht. Ich machte die Falle wieder auf, damit sie abdüsen konnten. Der erste Tag brachte nur diese Beute. Die Nacht brachte gar nichts. Am anderen Morgen aber konnte jeder Nachbar mir sagen, wo das Tier gesehen wurde.

„Toll", sagte ich, „ich schlage mir die Nacht um die Ohren, renne alle zwei Stunden zur Falle, und sie geht spazieren."

Auch am zweiten Tag blieb die Falle ganz leer. Ich rannte immer hin und her, neues Fleisch rein, vertrocknet, wieder raus, neues rein. Sahen die Leute mich, war die Frage: „Immer noch nicht?" Ich konnte nur den Kopf schütteln.

In der nächsten Nacht wieder nur rein und raus. Otto und Micha konnten das zwar verstehen, wiederum auch nicht. „Ja, ja", meinte mein Mann, „wenn Helga kämpft, dann mit allen Waffen."

Mich verließ langsam der Mut, dann endlich ich hatte sie.

Nun ist aber die Falle kein Gerät, dass man kurzerhand sich unter den Arm klemmte. Nee, nee, sie ist so um 80 Zentimeter lang, zirka 30 Zentimeter hoch und genauso breit. Unten und oben je ein Eingang oder Ausgang, wie man möchte. Zwei Eisenplatten, eine macht man zu, die andere hängt man in den Bügel, innen in der Mitte liegt der Kontakt, auch eine Eisenplatte. Bis dahin muss jedes Tier laufen, sonst gibt's kein Fressen. Umdrehen ist je nach Größe fast unmöglich.

Hat die Katze das Fressen erreicht, ist sie schon gefangen. Die Eisenplatte ist so schwer, dass sie blitzschnell unten ankommt.

Dennoch muss man aufpassen, erstens ist die Falle schwer, zweitens ringsherum ein stabiler Draht, durch die Löcher kann eine wilde Katze dich kratzen. Da sie gefangen ist, faucht und tobt sie um so mehr.

Die richtige Lösung ist, man lege eine Decke darüber, die Dunkelheit beruhigt das Tier, nun kann man die Falle anfassen.

Zwei Mann wären besser, so sperrig ist das Gerät. Da ich aber nun mal alleine war, machte ich das Beste draus. Um die Falle brauchte

ich mir keine Sorgen machen, keiner würde an die Falle gehen oder
etwa aufmachen.

Alle wussten, das ist meine, nun ging ich zurück, um mein Auto
zu holen.

Dort angekommen, platzierte ich mein Auto, dass es nicht weit war,
um die Falle reinzuschieben. Das kostet viel Kraft, das Tier läuft
rückwärts und wieder vorwärts, jedes Mal kippt die Falle nach
unten, endlich war die Falle auf der Rückbank verstaut, je nach
Jahreszeit und Standort auch Blätter, Gras, Erde.

Nachdem die Arbeit erledigt war, fuhr ich zum Haus zurück, ich
brauchte erst einen Kaffee, konnte gleichzeitig den Tierarzt anrufen. Nach dem Kaffee, mich etwas säubernd, ging's los.

Meine Beute verhielt sich ganz ruhig, vielleicht merkte er oder sie,
dass man nur helfen wollte. Hilfe hatte ich, als ich vor der Praxis
anhielt. Unser Tierarzt fasste mit an, schnell waren wir im Behandlungsraum. Nun kam die zweite gute Seite der Katzenfalle. Auch
die Erklärung, warum zwei Öffnungen sind.

Ein Tier, was scheu und wild ist, läuft vor uns weg, das ist klar. Man
könnte die Falle nicht einfach so aufmachen. So, meine Kleine, nun
komm mal raus, das geht nicht. Steht der Tierarzt oben, sitzt die
Katze unten, und umgekehrt.

Eine Seite wird geöffnet, die Wolldecke nehmen, in die Falle schieben, ganz weit nach oben drücken. Die Katze weicht aus, geht noch
weiter nach oben bis an den Draht. Nun ist sie eingeklemmt, durch
die Öffnungen im Draht spritzt der Tierarzt nun das Narkosemit-
tel, ohne Gefahr zu laufen, das Tier könnte ihn verletzen.

Das Betäuben geht eigentlich schnell, öffnet der Arzt die obere Tür,
fällt ihm das Tier entgegen.

Gleich ab damit auf den Tisch. Wer sein Tier jetzt sehen könnte,
würde annehmen, es schläft nicht. Die Augen bleiben geöffnet, so
lange bis die Katze aufwacht. Da die Augenlider aber nicht bewegt
werden, trocknet das Auge.

Ein guter Tierarzt gibt Augensalbe rein, hier tat ich das, derweil
schaute er sich die Wunde an. „Sieht gar nicht gut aus", hörte ich.

Dabei spülte er die Wunde sauber, alle Parasiten mussten raus. Länger darf es nicht mehr dauern, die Wunde verlief genau an der Wirbelsäule entlang. In ihr eingebettet, liegen zu beiden Seiten die Nervenstränge, werden diese durchtrennt, ist das Tier lebendig schon tot. Ab Körpermitte nach hinten zum Schwanz wäre das Tier nicht mehr in der Lage, sich zu bewegen.

Mit dem Schließen der Wunde wurde es nichts. Erst musste sicher sein, dass alle Parasiten entfernt sind. Mit einem Verband, Salbe, dem Versprechen, am nächsten Tag wiederzukommen, machten wir uns auf den Heimweg.

Da sie sich nur wenig bewegen durfte, dachte ich an den Hasenkäfig von Pennyboy, der war richtig. Gespannt war ich auch, wie, sich das Tier verhält, wenn er oder sie aufwacht. Lieb oder, böse? Bald würden alle meine Fragen beantwortet werden.

Meine Bande war gesund und munter. Sie spielten, teilten sich ihr Fressen genau so wie ihre Schlafplätze.

Bei meinen Jungs musste ich langsam aufpassen, dass die Mädels nicht Mutter wurden. Max war der erste, ein Kater ist schnell kastriert.

Ein kleiner Schnitt in den Hodenbeutel, Hoden etwas vorziehen, den Samenstrang abklemmen, Hoden abschneiden, Wunde veröden, Klemmschere öffnen, Samenstrang rutscht zurück. Schnitt im Hodensack vernähen oder kleben, Puder darüber, schon ist eine Seite fertig, nun die andere genauso, in zirka zwanzig Minuten ist er fertig.

Katerchen schläft noch, kann aber mit nach Hause. Dann, wie schon bei Boris, entweder im Korb lassen, oder auf eine Decke, die auf dem Boden liegt.

Gute vier Stunden später sind sie (je nach Menge der Narkose) wieder die Alten. Wer aber nun glaubt, damit könne er keine Katze mehr zur Mutter machen, der irrt. Ein bis zwei Wochen dauert es noch, dann ist alles vorbei.

Max hatte das nun hinter sich. Als Nächster stand sein Bruder

Moritz auf meiner Liste, ja es gab eine Liste, alle hatte ich sie nicht im Kopf. Wann gekommen, wie alt, usw., zu früh darf ein Tier aber nicht kastriert werden, immer im Gespräch mit dem Arzt.

Wie bei meinem Spanierbengel, den ich 1988 von Calpe mitbrachte (mit Bruder Minka), Peter, er hatte das Pech, bei ihm setzte sich der Harnleiter zu, er konnte kein Pipi mehr machen und musste in die Tierklinik, aber davon später mehr.

Erinnert ihr euch noch an mein Auto? Über Karin kam die Order, wenn ich habe, eine Katze nach Do Berghofen zu vermitteln. Besagte Frau würde sich bei mir melden. Ja, hatte ich, aber wer? Düsi! Oder der Kleine vom Altenheim, Max war Michas Kater, den gab sie nicht ab. Söhni? Alle Bengels waren noch so klein. Na, warten wir mal ab. Am nächsten Tag rief sie auch an, was mich aber stutzig machte, es sollte nur eine Schwarze sein. Keine Bunte, nicht Rot, nicht Grau. Ob Junge, oder Mädchen, das war total egal.

Mich durchzog ein merkwürdiges Gefühl, am ganzen Körper richteten sich bei mir langsam die Haare auf. Hätte sie gesagt, egal wie das Tier aussieht, blau, grün mit Streifen, wäre es o.k. gewesen, aber die Betonung lag auf nur eine Schwarze, und die Farbe fürchten wir ja wohl alle.

Ich beschloss, dass ich mit Karin darüber rede. Sie machte das mit den Tieren schon länger, was Karin dann auch stutzen ließ. Dann fiel von ihr das Wort Tieropfer, ich war so geschockt, dass mir das Sprechen schwer fiel. Karin erzählte dann etwas von einem Buch, in dem stand notiert, wer schon mal unangenehm mit Tieren aufgefallen war. Über die angegebene Adresse konnte sie aber keinen Eintrag finden. Nun war guter Rat teuer, was macht man, was lässt man. Karin meinte: „Überlege es dir, wenn du eine Katze hinbringst, schau dir alles an, oder lass es, wir schreiben die Adresse mit ins Buch, für später einmal."

Am Abend war meine Tochter, nachdem sie alles gehört hatte, genauso ratlos und sauer wie ich. Nach einer schlechten, von Alpträumen geplagten Nacht rief ich die Frau an, dass ich so gegen 12 Uhr bei ihr wäre. Ich achtete dabei auf den Klang ihrer Stimme, konnte aber nichts feststellen. Na dann, auch gut, ich werde das schon erfahren, es gibt bestimmt nette Nachbarn, die immer gerne plaudern. Micha hatte frei. „Wer soll es denn sein?", hörte ich sie. „Ich glaube, dass ich Düsi nehme." Nach einem schlechten Frühstück für meinen Magen machte ich den Korb fertig. Micha meinte: „Ist der nicht zu klein?" Der Korb war aus Bast geflochten. „Glaub ich nicht", antwortete ich, „ja die Tür ist ein wenig wackelig, aber er ist doch ruhig." Dabei schaute ich, wo Düsi sich herumtrieb. Aber wir hatten die Rechnung ohne Düsi gemacht, sogar Micha zweifelte an dieser ganzen Aktion. Düsi wehrte sich mit allem, was er hatte, fauchen, kratzen, ich wurde in den Arm gebissen. Düsi machte Pipi, die Jagd ging durch alle Zimmer. Dabei flüchteten auch die anderen, so etwas kannten die nicht, als Düsi aus lauter Angst mir ein Häufen in die Ecke des Zimmers legte, war's Micha, die die Aktion beendete. „Lass den bloß hier, der will nicht mit." Von Düsi war nichts mehr zu sehen, er hatte sich verkrochen. Ich hatte Tränen in den Augen, er tat mir so Leid, aber das war nun mal mein Durchgangslager.

„Was nun", fragte ich Micha, „wir haben noch den vom Pflegeheim", meinte ich. „Ja, der ist auch schwarz, aber möchtest du meine Meinung hören, ich würde alles abblasen. Wieso, na, überleg doch mal, Düsi merkt etwas, sonst geht er locker in den Korb, ohne zu meckern, für mich steht das alles unter keinem guten Stern." „So was habe ich auch schon gedacht, aber dann brauche ich diese Arbeit mit den Tieren nicht weiter zu machen, kein Tier würde mehr hier herauskommen. Irgendwann wäre die Hütte wegen Überfüllung geschlossen." Micha lachte und sagte: „Das ist sie sowieso bald. Zähl mal alle." „Ha, ha", machte ich, „und deswegen nehme ich den anderen und düse ab."

Mohrchen ließ sich ohne große Mühe in den Korb setzen. Michi stand am Auto, wünschte mir viel Glück und winkte. An der Ecke musste ich aber anhalten, meine Motorhaube wackelte so komisch. Was ist das denn, wer war am Auto? Ulrike hatte einen Führerschein, die Mädchen waren auch schon in Holland auf dem Cam-

pingplatz gewesen. Micha hatte aber noch keinen Führerschein, was sollen die Mädels auch am Motor fummeln? Komisch, nachdenklich fuhr ich in Richtung Autobahn. Bei der Abfahrt Schwerte musste ich runter, bis dahin lief alles super, Katze war ruhig.
Nach drei Autos vor mir sah ich Grün, aber ich sah auch etwas anderes, unter meiner Motorhaube zog dicker Qualm hoch, was ist das denn?, schoss es mir durch den Kopf. Als ich Gas geben konnte, um über die Straße zu fahren, schlugen Flammen rechts und links über den Rädern am Kotflügel hoch. Am Straßenrand brachte ich mein Auto zum Stehen. Nur raus hier, dachte ich. Meine Katze, die Tasche greifen, dann stand ich auf dem Gehweg. Meine Ente brannte immer mehr, mit dem Katzenkorb auf dem Arm versuchte ich, Autos anzuhalten. Ob ihr das glaubt oder nicht, manche zeigten mir einen Vogel, ein LKW-Fahrer wollte helfen, der Feuerlöscher war leider leer, das merkte er aber erst bei dem Versuch, meine Ente zu löschen. Dann hörten wir die Feuerwehr kommen, es standen viele Anwohner draußen, alle schauten zu. Ich war total fertig mit der Welt, ich fühlte mich miserabel. Den Korb hatte ich neben meine Tasche an den Gartenzaun gestellt. Mittlerweile brannte meine Ente schon bis zur Scheibe, die Reifen, ich lief hin und her, hatte nur Angst, dass mein Auto in die Luft fliegt, wegen des Benzins, der Tank war voll. Was war ich erleichtert, die Stimme eines Feuerwehrmanns zu hören. Die anderen löschten mein Auto, ich musste Fragen beantworten. Als ich erzählte, woher ich kam, wollte ich den Katzenkorb zeigen, der stand auch noch da, aber ohne Katze. Als ich das feststellte, war ich mit den Nerven am Ende. Der Mann hielt mich fest. „Wir suchen, er ist noch hier! Wir finden den Kleinen.“ Ich war froh, es tat so gut, wenn jemand sich kümmert.
Seine Kollegen waren mit dem Löschen der Ente fertig, die Ente, mein Auto auch.
Mittlerweile suchten alle meine Katze, wir fanden sie, im hohen Gras hatte er sich verkrochen. Ich war überglücklich, das kleine Tier wieder zu haben, Diesmal trug ich den Korb auf meinem Arm, mit der Öffnung auf meiner Brust, so war ich sicher, dass er nicht

raus konnte. Der Abschleppwagen war eingetroffen, der Mann schaute auf den Motor oder was noch vorhanden war, er stutzte, rief einen Feuerwehrmann dazu und zeigte auf eine Stelle am Motor. Ich schaute auch rein. „Da fehlt was", meinte der Mann vom Schrottplatz, „ja, das stimmt." Ich fragte: „Was ist da denn weg?" Irgend etwas mit Luftfilter und abgeschraubt, mir fiel ein, als ich in Kamen abfuhr, musste ich anhalten, weil meine Haube gewackelt hatte. „Ja", sagte der Mann vom Abschleppwagen, „da hat jemand ein Ersatzteil gebraucht, und da die Haube von der Ente nicht abzuschließen ist, konnte jeder sich in der Nacht ein Teil ausbauen."
„Und mir brennt das Auto unterm Hintern weg", sagte ich.
Meine Ente war schrott, nur für Teile war sie auszuschlachten. Nachdem alles geregelt war, zogen alle ab, meine Ente stand hoch auf dem Abschleppwagen, ich stand einsam und allein mit der Katze. Ich setzte mich mit ihr auf den Boden, lehnte mich an den Gartenzaun, erst mal eine rauchen, dachte ich, schaute in die Runde, fragte mich, wo alle geblieben sind? Vor einer Viertelstunde stand noch alles voll, ja, die Schau war vorbei. Da stand ich, zwar gesund und mit Katze, aber ohne Auto. Ich lehnte immer noch am Zaun, als die Mädchen genau bei mir anhielten. Micha war als Erste bei mir, sie hatte Tränen in den Augen, Ulrike kümmerte sich um die Katze. Als alles verstaut war, ging's ab in Richtung Heimat, Micha erzählte mir, was das für ein Schock war, als die Feuerwehr sie anrief, um zu sagen, da können Sie Ihre Mutter finden oder aufsammeln.
Noch nie hatte ich mir Gedanken über so etwas gemacht, was wäre wenn ich krank würde! Der Brand hat mich richtig aus meiner gewohnten Gefühlswelt geworfen.
Ich komme schneller an ein Tier, die es umsonst gibt, ein Auto kostet Geld und das war knapp bei mir.
Kein Wunder, Micha steuerte ihren Teil bei, Ottos Rente, ich war nicht mehr berufstätig, es reichte gerade so. Aber viele Mäuler waren zu stopfen.
Schauen wir mal nach, wer alles Hunger hat, es tummelten sich Flo-

cke, Perla, Max, Moritz, Lady, Lisa, ihre Schwester, die Bunte, der kleine Rote aus dem Graben, Schmörky, meine Perser Pennyboy, Teddy, Ladys Bruder, Suse, Söhni, Süße, Düsi, meine zwei Wellensittiche, Mohrle, der kleine Entenkater, so wurde er seit dem Brand gerufen, meine zwei Babys, die wir von Hand aufgezogen haben, von Karin noch zwei Tigerkatzen-Babys mit einem Auge, unser Felix, die zwei von Dirk, meine Maden-Katze mit der Wunde auf dem Rücken, unser Peter mit der Socke. Mein Gott, so viele Tiere waren in so kurzer Zeit geblieben, neunundzwanzig.

Man kann sich ausmalen, dass ein Auto her musste. Zuerst stöberte ich da herum, wo Autos zum Verkauf standen. Aber diese Preise konnte ich nicht bezahlen.

Nun waren die Zeitungen dran. Ein Ford wurde angeboten, er war zwar schon etwas älter, aber zwei Jahre TÜV-frei. Der Kofferraum groß und innen konnte ich einiges verstauen. Nun musste mein Schwager aus Ahlen (der Maya hat) her, er hatte zwar kein Gut, kein Haus, aber Ahnung von Autos, die hat er.

Meine Ente hatte er ja auch für mich hergerichtet. Alles lief wie geschmiert, mein Schwager gab mir nach Besichtigung des Autos grünes Licht, endlich wieder einen fahrbaren Untersatz, war ich glücklich.

Lange hat es gedauert, bis ich den Brand mit der Ente, die ganze Aufregung, ein wenig verdaut hatte. „Vergessen kann ich die Geschichte nie."

So, neunundzwanzig Katzen nannte ich nun mein Eigentum, toller Besitz.

Krank werden durfte ich also auch nicht.

Was war ich froh, dass Otto und meine Tochter das mitmachten.

Wenn ich aber zu diesem Zeitpunkt gewusst hätte, was ich heute weiß; ich glaube, dann hätte ich das Handtuch geschmissen.

Die erste Neue, die bei uns einzog, war Sahra, erinnert ihr euch noch an den jungen Mann, der meine Salima bekam, er stand an einem Sonntagmorgen vor meiner Tür, während wir Kaffee tranken, erzählte er sein Erlebnis.

In Kamen gibt es den Edelkirchhof, da ist ein mit alten Linden-
bäumen, Blumenrabatten, viel Rasen und Bänken, die zum Aus-
ruhen einladen, ein oval angelegter Platz, umsäumt wird er von
alten Fachwerkhäusern, eins davon, ein Eckhaus, war zur Ruine
geworden.

Dort hatte nun der junge Mann eine Katze beobachtet, die sich
mehr kriechend als laufend dort bewegte. Da er nicht wusste, was
er machen sollte, entschloss er sich, mir das zu erzählen. Ich war
ganz gespannt, mein Mitleid machte sich breit, nachdem wir noch
über Salima sprachen, er sie nie wieder abgeben würde, machte
er sich auf den Heimweg. Bei mir wurde es turbulent, ich packte
alles ein, um das Tier zu fangen. Das Haus verließ ich über den
Hof, vorne schloss Michis Freundin Ulrike die Tür auf. „Wo willst
du denn hin?" Ich packte meine Sachen ins Auto, dabei erzählte
ich ihr die Geschichte, sie wünschte mir viel Glück, dann meinte
sie noch: „Ich bleibe so lange hier, bis du zurück bist." „Ja", rief ich
und brauste los.

Am Edelkirchhof angekommen, setzte ich mich auf eine Bank,
meine Augen suchten in den Vorgärten, ob sich etwas bewegte,
aber es war nichts zu sehen. Nach zirka drei Stunden wollte ich
aufgeben. Da sah ich sie, es stimmte, sie kroch wirklich, das Hin-
terteil bewegte sich ganz komisch. Egal was passiert und wie lange
die Aktion dauert, die muss ich haben.

Leider war sie nicht zutraulich, kein Locken, kein noch so liebevol-
les Zureden half, sie zog sich immer mehr zu dieser Ruine zurück.
Seitlich an der Wand entlang und unter einer alten vermoderten
Holztür kroch sie ins Haus.

Da stand ich nun, bewaffnet mit Kescher, Katzenkorb, dicken
Handschuhen und das blöde Vieh haut ab. Aber die kannte mich
nicht, wenn es um ein Tier geht, versetze ich (heute noch) Berge.
Also, mal nachdenken, wenn dieser Raum hinter dieser Bruch-
tür keinen anderen Ausgang mehr hat, dann erwische ich sie. Zu
meinem Pech stellte sich heraus, die Tür war abgeschlossen. Toll,
dachte ich. Fällt bald aus den Angeln, aber abgeschlossen, super.

Obwohl es noch früh war, störte es mich nicht, Krach zu machen. Aber mein Versuch, die verfaulten Bretter von unten auseinander zu drücken, scheiterte kläglich. Die andere Hälfte war noch zu stabil. Was nun?, überlegte ich, die Feuerwehr muss helfen, die machen mir die Türe schon auf. Ich zog meine Jacke aus, um die Löcher unten zu stopfen, was nützt sonst die Feuerwehr, dachte ich, wenn das Tier abhaut, und ich hänge in der Telefonzelle herum. Wie ich nun so schön am Stopfen war, hält auf der Straße ein Auto. Der Fahrer schaute mir zu, es sah zu komisch aus, meine Sachen lagen alle herum, meine Jacke steckte in der Tür, und leicht verwirrte Menschen gibt es ja überall.

Dann hatte ich die Idee, der kann mir doch helfen. Ich also hin, nachdem er alles gehört hatte, lächelte er süffisant, an diesem Lächeln konnte ich erkennen, wie er über mich dachte, mir war das total egal, was er sich vorstellte, so lange er mir hilft, konnte er denken, im Himmel ist Jahrmarkt.

Natürlich kann ich helfen, er stieg aus dem Wagen, ja, dachte ich, von der Statur her schaffen wir das bestimmt, und wir schafften es. Als die Tür aufging, konnte ich vor lauter Müll, der da herumlag, keine Katze sehen. Dunkel war es auch noch, aber der Mann hatte im Auto eine Taschenlampe, ich nahm eine Jeanshose aus meiner Tasche, zog mir die Hosenbeine über die Arme, so war ich geschützt. Ich fragte den Mann, ob er an der Tür aufpasst, damit sie nicht wegläuft. „Natürlich kann ich, jetzt will ich auch das Ende der Geschichte miterleben", sagte er, und wieder war da dieses Grinsen.

Langsam mühte ich mich vorsichtig durch den Müll, das Tier bewegte sich in der hintersten Ecke, aber nicht, wie ich vermutet hatte, ist sie unter den Müllberg gekrochen, sondern versuchte die Wand hoch zu springen. Teilweise waren oberen Steine herausgebrochen, wenn sie die Verletzung nicht gehabt hätte, wäre es für sie leicht gewesen, da rauf zu kommen. Katzen in Panik vollbringen die tollsten Sachen. Immer und immer wieder versuchte sie das, als sie wieder abstürzte, warf ich meine Jacke drüber, mit Müll zusammen stopfte ich alles in den großen Katzenkorb, sie hatte verloren, eigenartig fand ich nur, dass sie nichts sagte, kein Fauchen, kein Knurren, ganz still lag sie unter dem Gerümpel. „Besser so", sagte ich laut, „so hat sie weniger Aufregung."

„Na", sagte der Mann an der Tür, „hat alles geklappt?" „Ja", war meine Antwort, „ich habe sie." „Und was machen Sie jetzt?", wollte er noch wissen. „Ich fahre gleich durch zum Tierarzt, und dann nehme ich sie mit nach Hause." Eigentlich war er ganz nett, dachte ich. „Ich mache die Tür wieder zu", hörte ich ihn sagen. „ja, was davon noch übrig ist!", rief ich ihm zu und, „herzlichen Dank!" Wieder sah ich dieses Grinsen. Ich schleppte alle meine Klamotten und die Katze zum Auto, ich merkte, dass er mir nachschaute. Na, ja, am Sonntag reißt eine Frau eine Ruine auseinander, wühlt sich durch Müllberge und das alles wegen einer Katze. Ich hätte gerne mal gewusst, was er wirklich dachte.

Nun kam das, was ihr schon kennt: Tierarztuntersuchung, Knochen abtasten, dabei stellte er fest, dass sie einen verkrüppelten Fuß hatte, zwar schon älter, aber der Fußballen war keiner mehr, die Krallen konnte man nur noch fühlen, kaum sehen. Mein Tierarzt nahm an, entweder ist ein Auto über die Pfote gefahren oder sie war mal eingeklemmt, nach der Röntgenaufnahme sahen wir auch, dass sie einen Beckenbruch hatte. „Meine Güte", sagte ich, „dann springt sie noch die Wände hoch, wir würden hilflos in einer Ecke liegen. Sie aber tritt im Zirkus auf." „Ja", sagte der Tierarzt, „das kennen wir gut. Was die alles noch anstellen, wenn die in Panik sind (er wurde auch schon oft gebissen). Es wundert mich, dass sie so ruhig hier herumliegt", sagte er. „Na, mit der Verletzung, die ist froh, dass wir ihr helfen", war mein Kommentar. Nun ist das aber so, der Beckenbruch kann nicht genagelt oder verschraubt werden. Wir kommen in ein Gipsbett, das extra für uns gemacht wurde, die Knochen richtet man, dann dürfen sie liegen und liegen und liegen. „Wie soll ich die Katze hinlegen? Unmöglich!" „Aber was anderes können wir nicht tun", sagte der Arzt, „lass dir was einfallen, sei kreativ, sie muss ruhig gestellt werden." „Na ja, mal sehen, ich gebe ihr jeden Morgen eins mit dem Holzhammer, dann ist sie ganz ruhig." Der Tierarzt konnte sich vor Lachen kaum noch halten. „Ausgerechnet du", meinte er. „Für dich fahre ich Sonntags Schichten, schau mich an, ich stehe hier noch im Bademantel rum." „Dafür bin ich dir auch dankbar", sagte ich. Wir packten alles ein, was ich benötigte, dann ging's zum Auto. Auf der Heimfahrt kreisten meine Gedanken. Schon wieder eine Neue, wie soll ich sie verarzten? Kommt Zeit, kommt Rat, sagte ich mir. Zu Hause machte Ulrike die Tür auf. „Ich dachte, du kommst gar nicht mehr zurück." „Ja, das hat auch lange gedauert, aber ich habe sie." Ulrike half, alles herein zu tragen. Dann kam eine gemütliche Kaffeepause, dabei hörte sie mir zu. „Und, hast du schon eine Idee?" „Nee", meinte ich, „mein Kopf ist leer. Mir ist kalt", so früh am Morgen war es noch frisch draußen.

Es gibt nur noch einen Menschen, der mir helfen könnte, Daggy aus dem Zooladen. „Ruf sie an", sagte Ulrike. Ich wählte die Privatnummer von Daggy. „Wer stört so früh?", hörte ich dann, als sie Bescheid wusste, um was es geht, hatte sie die Idee mit einem alten Papageienkäfig. Man lege den auf die Seite, dass die Klappe oben ist, stopfe alles mit Schaumgummi aus, lege in die Mitte das Tier und fertig. All diese Sachen hatte sie in ihrem Zooladen, sie versprach, alles einzusammeln. Zwei Stunden später stand sie vor meiner Tür, während Daggy den Käfig fertig machte, musste ich ihr auch die Geschichte erzählen, ihr Geschäft lag in der Nähe vom Edelkirchhof. Dann musste Daggy lachen. Ich fragte: „Warum lachst du?" „Weil ein Bekannter von mir dort eine Ruine preiswert erworben hat, und so, wie du den Autofahrer beschrieben hast, ist das der neue Besitzer." Ich war baff, nun verstand ich auch alles. Er hatte sein eigenes Haus aufgebrochen und sich gefreut, dass ich nicht wusste, dass er der Eigentümer war.

Meine neue Katze zog, nachdem sie Futter und Wasser bekam, in ihr neues Heim, sie ließ alles mit sich machen. Keinen Mucks gab sie von sich, ich sagte zu ihr, nachdem Daggy und Ulrike weg waren: „Nun schlaf erst mal und ruh dich aus, wir machen das schon."

Micha trabte in die Küche, gefolgt von Otto. „Hier geht es zu wie auf dem Verschiebebahnhof“, meinte er, „na, was hast du Neues ergattert?“ Ich zeigte auf den Käfig. Beide schauten sich das Tier an. „Man oh man, du machst Sachen.“

Der restliche Sonntag verlief in aller Ruhe, wir schauten fern, ich kochte ein leckeres Essen. Micha hatte frei, die neue Sahra wurde getauft, den Korb stellte ich in eine ruhige Ecke ins Wohnzimmer. Meine anderen schauten zwar, aber das Ganze war wohl nicht so spannend, um länger unten zu bleiben.

Nach einer ruhigen Nacht, auch für unsere Neue, begann der Montag bis um zirka 10.00 Uhr mit Stress, Daggy rief an, ich erzählte ihr, dass meine Neue den Käfig gut angenommen hatte, das freute mich. Dann klingelte es an unserer Haustür, ein junger Mann stand da, er fragte, ob er mich sprechen könne. „Ja“, meinte ich, „um was geht's denn?“

So lernte ich einen Reporter der Rundschau in Kamen kennen. Während des Altstadtfestes hatte er mit bekommen, was bei mir im Haus los war. Nun war eine saure Gurkenzeit, so wollte er mehr über meine Tiere wissen.

Er war platt, als er alle Tiere sah, er wusste nicht, wo er zuerst streicheln, kraulen oder hinschauen sollte. Ich musste Fragen beantworten, ob er Fotos machen darf und einen Bericht in der Zeitung veröffentlichen. „Ja“, sagte ich, „warum nicht, das Ganze würde ein Echo auslösen und vielleicht kann ich Menschen finden, die ein Tier haben möchten.“ Ja, ein Echo löste dieser Bericht schon aus, aber nicht wie ich es mir vorgestellt hatte.

Am Dienstagmorgen klingelte um 8.00 Uhr das Telefon, am Abend als ich den Stecker rauszog, war Ruhe.

Es riefen Leute an im Umkreis von 50 Kilometern, sie standen vor meiner Tür und brachten Futter, Dosen, sogar Katzensand schleppten sie an. Aber auch andere lernte ich kennen, wenn ich alle Tiere aufgenommen hätte, wäre ein größeres Haus nötig gewesen. Zum Glück gab es auch andere Menschen. Der Erste, von dem ich mich verabschieden musste, war unser Düsi. Er wurde in einer Familie aufgenommen, wo der Sohn ganz verrückt auf ihn war, er fand es toll, dass Düsi nicht so ruhig war, zutraulich und schmusen wollte, mit Düsi hatte ich Menschen glücklich gemacht. Und er ging ohne Probleme in den neuen Korb.

Der nächste Abschied sollte mir sehr, sehr, schwer fallen. Als mich ein Herr Winter anrief, ob ich einen ruhigen großen kastrierten Kater habe, hatte ich, mein heiß geliebter Pennyboy. Die Winters hatten schon eine Katze, eine Kartäuser, die schimmern so lilablau, nach dem Bericht in der Rundschau hatten sie sich entschlossen, eine zweite zu nehmen. Es war Liebe auf den ersten Blick, sie sahen ihn, sie wollten ihn. Erst schnallte ich das gar nicht so richtig, mein Pennyboy aber es war so, nur ihn, kein anderer, also Helga, da musst du durch. Es würde auch etwas falsch laufen, wenn ich jetzt nein sage. Der nicht, jede andere Katze, aber nicht er. Es wäre unmöglich, die Tiere, an denen ich besonders hänge, nicht abzugeben, in ein paar Wochen wäre die Bude wegen Überfüllung geschlossen.

Dann fand auch unser Moritz in Lünen ein gutes Zuhause, sein Bruder, unser Max, das war Michas Kater, den gab sie nicht ab. Aber einmal sagte ich doch nein, als ein Pärchen meine kleine behinderte Lady wollten.

Lady war zwar in den Monaten gewachsen, aber sie brauchte immer ihre Pillen, das Laufen war nicht bedeutend besser geworden, sie schmiss nach wie vor rechts und links die Beine zur Seite. Wenn sie lief, hatte sie das Mäulchen auf, die Zunge hing halb raus, sie schnaufte fürchterlich dabei.

Als ich das alles den Leuten erklärte, sagten sie: „Aber die ist doch so niedlich und noch so klein." „Ja", sagte ich, „und viel größer wird sie auch nicht werden, trotzdem gebe ich sie nicht ab." Ich zeigte dann unseren Teddy, den Bruder von Lady. Er hatte viel Ähnlichkeit mit seiner Schwester, nur keine Behinderung, und er war normal gewachsen. Damit waren sie einverstanden, die Frau drückte ihn an ihre Brust. „Oh!", rief sie, „er schnurrt." „Ja", sagte ich, „warum nicht, wenn Tiere sich wohl fühlen." Dann waren auch die Formalitäten erledigt (kein Tier ging ohne Adresse und Telefonnummer hier raus), machten sich die Leute auf den Weg. Auch wussten sie, dass ich das Recht hatte, jederzeit zu kontrollieren, ob es dem Tier gut ergeht. Das hatten sie auf dem Vertrag unterschrieben. Auch mussten alle Tiere an uns zurückgegeben werden, falls sich in der Familiensituation etwas ändert. Krankheit, Trennung, Allergien, und was mir ganz wichtig war, wohin mit den Tieren in der Urlaubszeit? Alle zu mir, innerlich hoffte ich, alle auf einmal stehen bestimmt nicht vor der Tür, aber so nach und nach, oder einige kamen gar nicht, da war auch wieder etwas von Egoismus dabei, so konnte ich alle wiedersehen. Sehen, dass es ihnen gut geht, ich hatte immer etwas Kontakt zu den Tieren, zwar konnten sie sich nicht mehr an mich erinnern, aber nach drei vier fünf Tagen waren sie wieder ganz zutraulich. Während dieser Zeit hatte ich den Reviermarkt entdeckt. Das ist eine Zeitung, bei der man kostenlos Anzeigen aufgeben konnte, meine lautete so:. „Bildschöne Katzen und Kater, kastriert, stubenrein, lieb, anhänglich, nur an Wohnung gewöhnt, an tierliebe Menschen abzugeben, bei Urlaub und Krankheit nehme ich sie wieder kostenlos in Pflege." Durch diese Anzeige habe ich durch das ganze Ruhrgebiet von Kamen aus Tiere vermitteln können.

Nach dem Bericht über meine Arbeit in der Rundschau legte sich langsam die Hektik, ich war noch bekannter geworden. Conny rief mal wieder an, aber mit einem großen Problem.

In ihrer Nachbarschaft (sie wohnte ja in Oberaden) hatten sich auf einer Wiese, angrenzend der Friedhof, viele Katzen und Kater nieder gelassen.

Die weiblichen Tiere waren alle trächtig, nun machten die Anwohner Front gegen diese Tiere, von Vergiften über Abschießen war die Rede. Conny hörte davon, sie machte alle rebellisch, auch mich. Conny übernahm es auch, mit der Stadt Bergkamen zu verhandeln, über einen Zuschuss, wenn wir die Tiere nach dem Einfangen kastrieren lassen. Mit der Stadt gab es keine Probleme, nun legten Conny und ich einen Schlachtplan an, immer hatten wir ja auch keine Zeit, aber das musste klappen, nahmen wir uns vor.

Unser Haus sollte die Schlafstelle werden, bei Conny ging das nicht, sie wohnte zur Miete, in einem Mehrfamilienhaus. Wir besorgten uns noch eine zweite Katzenfalle, nun kommt das, was bekannt ist: Fleisch rein, Falle gut platzieren und warten, warten, warten. Der Tierarzt war informiert, die Nachbarschaft bei Conny auch, sind die Tiere kastriert, hatten sie nichts dagegen, dass wir sie an gleicher Stelle wieder laufen lassen.

Über das Kennzeichnen der kastrierten Tiere machten wir uns Gedanken, unser Tierarzt hatte die Idee. Er nähte jedem Tier ein Plastikband mit einem Stich ans Ohr, der Faden löst sich nach ein paar Tagen auf, das Band fällt ab.

Dennoch ist es uns passiert, dass kastrierte Tiere in unserer Falle hockten, erst der Arzt konnte feststellen, die ist schon fertig. Also wieder zum alten Platz bringen. Was dabei für Zeit gebraucht wurde, darauf haben wir nicht geachtet. Nach gut drei Wochen hatten wir zehn Muttertiere und vierzehn Kater eingefangen. Wenn ein Tier bei mir im Flur oder Hof die Betäubung ausschlief, war eine Neue auf dem OP-Tisch. Conny nahm die Erste wieder mit, setzte sie an ihren alten Platz. Ein Muttertier kann bis vierzehn Tage vor dem Werfen noch kastriert werden, die Katze nimmt dadurch keinen Schaden. Nachdem wir uns durchgewühlt hatten, wir der Meinung waren, dass alle gefangen wurden, gönnten wir uns etwas Ruhe. Wir zwei trafen uns am letzten Tag. Abends gingen wir zum Essen aus. Aber worüber sprechen zwei, die so etwas machen, natürlich über Katzen. Als wir das feststellten, lachten wir aus vollem Hals.

Tage später bekam Conny vom Tierarzt die Rechnung. Damit machte sie sich auf den Weg zur Stadt. Es gab aber keine Probleme, für uns ein gutes Gefühl, etwas Großes vollbracht zu haben.

Mir graute vor dem Oktober, die Zeit der Herbst-Katzen. Das sind immer die nicht so gesunden Tiere, kein Wunder, es ist nass, ungemütlich, ein kalter Wind macht sich auf, da haben es die Mai-Katzen besser. Wenn warm ein lauer Wind wedelt, das ist auch meine Zeit. Im Herbst, wenn die Blätter fallen, sterbe ich mit der Natur, die dunkle Jahreszeit ist für mich Horror. Mein Sternzeichen ist Krebs, ich liebe den lauen Wind, Sonne, die Wärme, das Wasser, ich muss immer nur draußen sein, eine Wohnung bräuchte ich nur zum Schlafen, in den Jahren 1986 bis fast 1988 hatte ich keine Wohnung, nur einen VW-Bulli, den ich mit acht Katzen und einem Hund teilte, davon später mehr.

Unsere Aktion, die Wiese leer zu räumen, war zu Ende, es kamen von den Anwohnern keine Anrufe mehr. Dafür rief mich die Frau von Dirk an, ob ich Zeit hätte, mal zu kommen, aber nicht nach Bönen, nein, dahin, wo ihre Arbeitsstelle lag.

Nach einer Zusage machte ich mich auf den Weg. Lange suchte ich, um das Haus für Behinderte zu finden. Dirks Frau zeigte mir neben ihrem Arbeitsplatz ein riesiges Brachgelände, hoch standen wilde Brombeeren, Unkraut und Schweinegras. Hier sollten sich jede Menge kleiner wilden Katzen tummeln, das Grundstück grenzte an ein kleines Waldstück, dort würden aber die Tiere vom Jäger, wenn sie wildern, erschossen. Sie war der Meinung, dass wir etwas tun müssen. „Gut", sagte ich, ging zum Auto, mein Katzenkorb, die Handschuhe holen, dann machte ich mich auf die Pirsch. Durch das Gras war es kein Problem, aber die Brombeeren, das war schon schlimmer. Die großen Tiere liefen weg. War mir klar! Die kleinen waren etwas zutraulicher. Die Erste, die ich greifen konnte, war eine Langhaar-Perser-Mischung, rabenschwarz, die Zweite ein Kartäuser-Mischling, eine Dritte normal Kurzhaar, schwarz-weiß, ich brachte die drei erst mal ins Auto, das war mein Glück. Vom einem Haus nebenan stand auf einmal eine Frau, die herum schrie: „Was machen Sie da? Lassen Sie die Tiere in Ruhe, das sind meine!" In der Zwischenzeit hatte ich aber noch eine kleine Rote greifen können, die hockte im Korb, ich hoffte, dass sie da nicht hineinschaute, aber Dirks Frau meinte: „Lass dich nicht stören, gib keine raus, die gehören ihr nicht." „Ich fahre erst mal wieder heim", sagte ich, habe genug Tiere im Auto, „wir sprechen uns dann später." „O.k.", meinte sie, „ich melde mich bei dir." Mit meiner Katze im Korb machte ich mich auf zum Auto. Hoffend, dass man aus deren Position die Tiere im Auto nicht sehen konnte. Aber Dirks Frau machte mit ihr gleich großes Palaver, so lenkte sie die Frau von uns ab. Beim Einsteigen hörte ich: „Das sind gar nicht deine Tiere, hier laufen genug herum, die werden alle erschossen." Ich war froh, machte mich mit meiner Beute vom Acker.

Daheim angekommen, schaute ich mir meine vier Neuen erst einmal genauer an, der Perser-Mischling war ein ganz dünnes Tier, das Fell fühlte sich genau so dünn an. Er hatte zwar viele Haare, aber wie Babyflaum so weich. Der Kartäuser schimmerte bläulich, kurzes dichtes Eisbärfell. Die Schwarzweiße, ein Mädchen, hatte, wie ich feststellte, einen ganz bösen Schnupfen, das Atmen fiel ihr schwer, die Nase war verklebt. „Du kommst erst mal extra", sagte ich zu ihr, machte einen neuen Korb fertig, setzte sie rein, „dich lasse ich nicht zu den anderen." Sie schaute ganz traurig. „Ja", sagte ich, „geht nicht. Erst wenn du gesund bist, darfst du mit den anderen spielen." Der Rote war gut drauf, Fell, Augen, Nase, alles schien o.k. zu sein, er war rotbraun, eine tolle Zeichnung. Ich schaute in seine honiggelben Augen. Was für ein Kater, dachte ich, aber auch du musst erst zum Tierarzt, wenn er nichts findet, dann dürft ihr düsen.

Na, habt ihr mitgezählt? Vier sind gegangen auf Grund der Anzeige in der Rundschau, von der Wiesenaktion ist keine hängen geblieben, nun aber vier Neue von der anderen Wiese. Also wieder neunundzwanzig Tiere, gar nicht wahr, ich habe ja, glaube ich, meine Sahra vergessen (oder?), die Ruinen-Katze, irgendwann hörte ich sowieso auf zu zählen.

Karin rief an, sie meldete mir die Ankunft eines Muttertiers mit zwei passenden Babys, die Leute bringen sie selbst, und warum fragte ich sie. „Keine Ahnung, irgendwas mit keine Zeit oder so." „Ja", sagte ich, „das kennen wir ja gut." Am Nachmittag fuhr ein Auto bei uns vor, das hatte ich noch nie gesehen. Ich stehe nicht auf so dicke Schlitten, für mich muss ein Auto ein Gebrauchsgegenstand sein. Kein Schlitten zum Angeben, das hier war der größte neue BMW, den ich je gesehen hatte. Eine Frau stieg aus, in den teuersten Klamotten, er genauso. Die Tiere aber waren in eine Karnickel-Buchte mit Draht zugenagelt. Dreckig, voll Stroh und die Babys steckten in einer alten Aktentasche, die war mindestens vierzig Jahre alt. Meine Tochter und ich waren total geschockt, wir hatten ja schon viel gesehen, aber so was, nee, das haute uns um, ich machte meinen Mund auf und meinem Ärger Luft, die Dame schaute mich ganz hochmütig an, mir war das egal, ich konnte sie nicht leiden, das merkte sie auch. Ich befreite erst mal die Tiere aus ihrem Gefängnis, das Muttertier war ganz schlaff, ich hatte den Eindruck, das Tier steht unter Stoff. Dem war auch so, sie sagte: „Sonst hätten wir das Tier nicht in die Kiste bekommen." Aber so viel, das wäre nicht nötig gewesen, und dann sagte ich noch, wenn mir die Katzen nicht so Leid täten, könnte sie die gleich wieder mitnehmen. Aber, aber es hieß doch, ich könne sie bringen. „Ja", sagte ich „aber noch bestimme ich in meinem Haus, wer oder wie ich helfe, und nicht Sie." Dann hörte ich noch, wie die Perle sagte, ja, die Katze mag keinen leiden, deswegen die Pillen zum Schlafen. Ich wollte ihr erst sagen, wenn du mein Frauchen wärst, könnte ich dich auch nicht leiden. Aber ich sagte mir, wozu Helga, mit der noch reden, ist die gar nicht wert.

Man merkte, dass es dem Mann sehr peinlich war, wenn ihr aber glaubt, dass man mir eine Spende in unsere große Spardose steckte. Da seid ihr im Irrtum, die Dose konnte keiner übersehen, ein riesengroßes Sparschwein. Micha hatte noch Katzenspende und das Wort Danke darauf geschrieben. Wer nicht blind war, musste sie sehen, aber nicht einen Groschen steckten diese Leute rein. Micha war sauer, sie meinte, das musst du aber der Karin sagen, ja, ja, tue ich. So, drei Neue nun hatten wir. Zweiunddreißig Tiere, groß und klein. Ich schaute mir die Kleinen genauer an, von der Mutter war nichts mehr zu sehen. „Na ja", sagte ich, „gesund sehen sie ja aus, zutraulich sind sie auch. Mit den Kleinen also keine großen Probleme, aber was mache ich mit der Mutter?" Eine böse oder wilde Katze passte nicht in unser Rudel, na, erst mal schauen, kommt Zeit, kommt Rat, war mein Spruch, nur hier sollte er nicht stimmen.

Nun hatte ich wieder mal viel zu tun, alle neuen Tiere, bis auf das Muttertier, einpacken, ab zum Tierarzt, das Wartezimmer war ziemlich voll.

Als Letzter kam ein Mann mit einem zirka zehn Jahre alten Mädchen ins Wartezimmer. Er trug einen ganz kleinen Bastkorb. Der war mit einem alten Pullover zugedeckt, ich schaute auf diesen Korb und hatte ganz leise Pieptöne vernommen. „Junge Katzen?", fragte ich. Er schüttelte den Kopf. „Kleine Hunde." „Ach, zum Impfen." „Nein", meinte er, „zum Einschläfern." „Wie?", fragte ich, „tot machen?" „Ja", sagte er, „es sind Boxer, Fehlfarben." Ich hatte das alles, was er mir sagte, noch nie gehört. Diese Fehlfarben bekommen keine Urkunde, dürfen nicht ins Zuchtbuch eingetragen werden. „Wie, und dann werden sie einfach eingeschläfert?", fragte ich ihn. „Ja." Ich hob den Pullover hoch, da lagen die zwei, wie zwei zu kurze Schlangengurken, die Augen waren noch geschlossen. „Sie sind einen Tag alt", sagte der Mann, „gestern auf die Welt gekommen. Und weil der Zuchtverein das so will, müssen die Kleinen sterben." „Das wollen wir mal sehen", sagte ich zu ihm, „kann ich die Tiere haben?" „Klar", meinte er, „wenn ich meinen Schein bekomme, kein Problem, ist mir auch lieber so." Ich sollte heute zum Tierarzt, um diese Hunde zu retten. Eine Frau hatte aufmerksam zugehört, auch wohl einiges verstanden, sie schüttelte den Kopf. Ich schaute ihr ins Gesicht, sie nickte mir zu, so lernte ich Ute kennen. Gegen Ute, wie sich später zeigen sollte, war ich, mit meinen paar Katzen, der reinste Waisenknabe.

Zu guter Letzt betrat Karin mit Katzenkorb das Wartezimmer. Als sie mich sah, musste ich ihr von dem neuen Muttertier mit Babys erzählen. Sie war sauer, als sie hörte, was wir mit diesen Leuten erlebt hatten. Aber dann war ich dran. Ich schleppte meinen schweren Korb in den Behandlungsraum, wuchtete ihn auf den Tisch. „Oh, oh", hörte ich den Arzt, „voll bis oben hin wieder." Nur drei, aber das Erste, was ich machte, war, gleich über die kleinen Hunde sprechen. Unser Tierarzt sagte: „Kein Problem, wenn du die Hunde haben möchtest." „Und ob, die nehme ich." „Aber die Bescheini-

gung, dass die Tiere eingeschläfert wurden, muss ich ausstellen.“
„Das ist mir völlig egal“, hörte er von mir. Was ist das nur für ein
Gesetz? Man muss sich mal vorstellen, weil die kleinen Boxerwel-
pen weiß sind, und nicht Braun mit Streifen, oder blaugrün, nein,
sie müssen wie Boxer-Hunde aussehen. Weil das sonst der Zucht
nicht in den Kram passt, sagt einer, weg damit. Wenn das bei den
Menschen auch so wäre (wir sind auch gelb, schwarz, weiß), hätten
wir keine Überbevölkerung mehr auf der großen weiten Welt.

Nachdem auch meine neuen Katzen untersucht waren, setzte ich
mich ins Wartezimmer.
Im Behandlungsraum gab unser Tierarzt dem Mann die Unterlagen, und mir brachte er die Hunde.
Die gute Tat war vollbracht, ich schaute auf Hundebabys, zu meinen Füßen stand der Korb, erst da wurde mir klar, was sich in den
letzten Minuten hier zugetragen hat. Zwei neue Tiere, dann auch
noch so klein, zu Hause mein Rudel. Was mir dabei einfiel, war,
kämpft man um Tiere, egal welche Rasse, ist das Denkvermögen
total ausgeschaltet. Ist die Angelegenheit erledigt, schaltet das Gehirn wieder ein. Mein Nachdenken wurde von Ute unterbrochen.
„Na“, fragte sie mich, „alles o.k.?“ „Ja ja, ich überlege nur, wie das
mit den Hunden weitergeht.“
„Och“, meinte sie, „da kann ich dir helfen.“ Sie winkte eine andere
Frau zu uns herüber, „schau mal, das sind die kleinen Dinger.“ Die
Frau nahm den Korb und streichelte liebevoll über das Fell der
Tiere. Ute erklärte mir: „Sie hat nur Hunde, wenn du möchtest,
und ich verbürge mich dafür, dass die Tiere in guten Händen sind,
kann sie die zwei aufziehen.“
Da ich wusste, mit wie viel Arbeit das verbunden ist, sagte ich zu.
Ute zog mit ihrer Freundin ab, das Wartezimmer war leer, unser
Tierarzt schaute rein. „Na, immer noch da?“ Ich erkundigte mich
über die Frauen, er kannte die zwei schon länger, er zerstreute

meine Bedenken, er fand das gut, man muss sich die Arbeit zum Wohle der Tiere auch teilen können.

Da ich die Telefonnummer von Ute hatte, machte ich mir keine Sorgen mehr.

Sollte etwas mit den Hunden passieren, würde ich über Ute oder den Tierarzt sicher etwas hören.

Lange Zeit hörte ich nichts mehr.

Bei uns zogen die Katzen ein, wie Kamele durch die Wüste wandern.

Von Do, Wickede, wurden mir in einem Kartoffelsack fünf Babys gebracht. Ja im Sack, und das „alles" auf einem Motorrad. Die Babys stammten aus der Siedlung, in der ich mal zwei Tigerkatzen vermittelt hatte. Ringsum hatte der Hausmeister Köder mit Rattengift ausgelegt, zwar mit Beschilderung, aber die Tiere können ja nicht lesen. Nun nahm man an, das Muttertier hat davon gefressen, nach Stunden (dabei die Kleinen immer im Auge behalten) kam keine Mama zurück. Was aber in diesem Fall nicht so schlimm war, die Babys waren so um sechs, sieben Wochen alt. Die Mama würde alles gut überstehen, sollte sie noch leben. Bei den Babys war etwas Arbeit nötig, um sie an das Fressen zu gewöhnen. Fünf Tiere mehr, langsam hörte ich auf zu zählen.

Aber eine konnte ich gut vermitteln, der kleine Rote bekam ein liebes Frauchen. Es meldete sich eine Frau aus dem Pflegeheim in Kamen, wir hatten schon einmal Kontakt (der kleine Schwarze, den die Mädels mit Leberwurst gefangen hatten). Sie suchte eine Katze für sich. Ich lud sie zum Kaffee ein, dann sollte sie sich umschauen, wer zu ihr passt, ich legte darauf großen Wert.

Kam einer schon an, der nur nach Schönheit ging, der konnte gleich wieder gehen. Alle Tiere sind schön. Wenn man sie mit den Augen der Tierliebe sieht.

Ende des ersten Teils.